U0097320

古典詩歌研究彙刊

第七輯

襲鵬程 主編

第 19 冊

辛棄疾與姜夔詞比較研究

陳鴻銘 著

國家圖書館出版品預行編目資料

辛棄疾與姜夔詞比較研究／陳鴻銘 著 — 初版 — 台北縣永和
市：花木蘭文化出版社，2010〔民99〕
目 2+200 面；17×24 公分
（古典詩歌研究彙刊 第七輯；第 19 冊）
ISBN 978-986-254-134-0（精裝）
1.（宋）辛棄疾 2.（宋）姜夔 3. 宋詞 4. 詞論
5. 比較研究
852.4523 99001799

ISBN - 978-986-254-134-0

9 789862 541340

古典詩歌研究彙刊
第七輯 第十九冊

ISBN：978-986-254-134-0

辛棄疾與姜夔詞比較研究

作 者 陳鴻銘
主 編 龔鵬程
總 編 輯 杜潔祥
出 版 花木蘭文化出版社
發 行 所 花木蘭文化出版社
發 行 人 高小娟
聯絡地址 台北縣永和市中正路五九五號七樓之三
　　　　 電話：02-2923-1455／傳真：02-2923-1452
網 址 http://www.huamulan.tw 信箱 sut81518@ms59.hinet.net
印 刷 普羅文化出版廣告事業
初 版 2010 年 3 月
定 價 第七輯 20 冊（精裝）新台幣 28,000 元
版權所有 · 請勿翻印

辛棄疾與姜夔詞比較研究

陳鴻銘　著

作者簡介

陳鴻銘（西元 1965 年～），台灣新竹人，原畢業於文通大學運輸系，預官退伍後又進政治大學中文系就讀，並完成政大中文所碩士學位。曾任教於北投十信高商，後返鄉於親民技術學院擔任國文講師至今。

作者出生於農村家庭，在山邊海濱的田野間成長，培養出對傳統鄉土濃厚的感情；讀交大時，即對中國文化與音樂產生強烈興趣，並加入國樂社。進入政大中文系之後，潛心於中國古典詩歌，並以數年心力完成《辛棄疾與姜夔詞比較研究》一書。任教以來，用心將詩詞歌唱及國樂融入國文教學中，深受學生喜愛。

提　　要

辛棄疾與姜夔雄據詞壇，各為南宋豪放與婉約派的代表人物。歷來對二人之研究頗多，然合而觀者則少，乃興筆者將其作比較研究之企圖；蓋美的型態是多面的，世上本多相反相成之物，藉由比較研究的方式，應會激發對詞作藝術及詞人心靈之美更深切的體會，如此，對詞派、詞美學之探索則將更具意義。

本論文在研究方法上，主要乃以形構主義的批評法為主，即以作品文本（Text）為分析的中心；另又輔以歷史批評法，從文學發展的縱軸中去解讀詞體風格淵源與發展之跡。全文除前言外，共分七章：前四章可視為理論篇，而以一、三、四章為主，第一章緒論，乃詞體風格論，是從詞史角度分析詞之風格本質與豪放、婉約二派之源。第二章作者論，評述二人之家庭出身、思想遭遇與詞作流傳。第三章為詞作主旨探索理論，從中西理論與詞體演進，評估詞作主旨探索與分類之可能。第四章為詞作分類論，敘述對辛、姜二人本於同樣基準上所作的詞作分類項目（全部有十五類），與筆者對每首詞作主旨之評定。五、六兩章為詞作比較；前章為內容，後章為形式。內容依前面的分類結果，分「豪放愛國詞」、「婉約愛國詞」、「友朋別情詞」、「婉約愛情詞」及「節序詠懷與退隱詞」五節作比較分析。形式則分修辭與格律兩類，主要從意象、造句、章法及詞調、用韻等作比較分析。第七章為結論。

本研究的主要成果，第一是在詞作主旨評析與分類模式方面，有較深入的理論思辨，第二是對兩人詞作風格與內涵關係的深層解析，如將表現愛國情感的詞作從形式上劃分為「豪放的」與「婉約的」二類。第三，為更深入了解詞人的創作歷程及生活遭遇，作者走訪辛棄疾退隱居處及姜夔羈旅漫遊地，在親歷其境中對詞人、詞作有更真切的領悟。經由本研究，對辛姜詞作之內涵價值與因何表現豪放與婉約之風，即能有較深刻之理解了。

目

次

前　言

　　文學研究的目的，該是爲了從具有豐富審美內涵的文學作品去領會「美」，並分析其美的來源和構成形態——包括形式的與內涵的，從而使自己的心靈受到陶冶、昇華，這是筆者對文學研究的基本態度。因此，當研究方向鎖定唐宋詞之後，就選擇了辛棄疾和姜夔這兩位優秀的詞人；也許有人會懷疑：他們詞風一極豪放、一極婉約，怎扯得上關係，要從何比較呢？然而世上本多相反相成的事物，也許將兩人合而觀之，將會激發對詞藝的美、詞人心靈的美有更深細的體會，而且也會對「婉約」與「豪放」風格的內涵有更精確的思辨和把握，如此在詞史、詞派的研究上也就具有意義了。

　　有了研究的對象和理念後，接著最重要的就是研究的方法；目前在文學批評方面，較常見的方法大概有：歷史批評法、社會文化批評法、心理學批評法、形構主義批評法及原始類型與神話批評法等五種。每種方法都有其優點和缺點，一個理想的文學研究自然應把各種方法取其長處綜合運用。以本論文言，在分析過程中是特別強調以作品本身爲根據，因它就是個情意具足的意象世界，形式和內容都在裏面，所以本論文乃是以「形構主義的批評法」爲主的；然而，偉大的作家莫不是在前代累積的文學傳統中吸收養料而成長茁壯，且其精神思想亦是一代人心的縮影，所以本論文除了形構主義外，亦輔以文學

傳統的歷史批評法，即努力回溯到文學古典之流與美學風格的發展中去看待作品，探尋作品情意或美學質素的來源，如第一章的風格論及第三、四章追溯的詞學傳統。

在實際作品分析中，筆者對其主旨做了較明白的壁壘劃分，也許有失臆斷，然其目的乃希望對詞人、詞作有更深入的評估，以揭示出其創作的特質和內涵的差異；透過形式的細緻解析與思想內涵的闡釋，相信對於辛、姜兩人詞作的風格美學及內涵會有新的收穫。

第一章 緒論——詞體風格論

第一節 由詞樂源流看詞體本質

　　「詞」之為體，本是中國文學史上的一種韻文體式的專名，所謂「唐詩宋詞」之「詞」也。它的本質為何？今人葉嘉瑩說：「『詞』之為義，原不過指唐時一種合樂而歌的歌詞。」(註1) 說明了「詞」本為歌曲之歌辭，所以當「詞」還沒有取得文學上獨立的地位時，一般多稱「曲子」或「曲子詞」。如孫光憲《北夢瑣言》云：「晉相和凝，少時好為『曲子詞』，布於汴洛。洎入相，專託人收拾焚毀不暇。」這樣的稱呼標明了詞本質上的音樂文學屬性及依附音樂曲調而興起的背景。故以下從音樂的角度探討詞之興起。

壹、詞之興起——依隋唐以來新興之燕樂

　　六朝時，南方盛行的是清商樂而北方則頗用胡樂，所謂梁鼓角橫吹曲。逮隋朝一統，清商樂漸淪亡，代之而起的，就是揉雜華夷之「近代曲」，即「燕樂」也（上述參《樂府詩集》卷21、44、79序），「而『詞』就正是自隋代以來伴隨著這種新興的音樂之演變而興起的，為配合此種音樂之曲調而填寫的歌辭。」(註2) 可知燕樂曲調為詞樂所

〔註1〕見葉嘉瑩與繆鉞合著《靈谿詞說》，頁1。
〔註2〕同註1，頁5。

本，如龍沐勛云：「詞不稱作而稱塡，明此體之句度聲韻，一依曲拍爲準，而所依之曲拍，又爲隋唐以來之燕樂雜曲，即所謂『今曲子』者是。」〔註3〕在當時，燕樂既以朝廷爲主力，故主要推動詞樂（調）創作與保存的乃是宮廷教坊，據唐代崔令欽《教坊記》所載教坊樂曲，計有雜曲 278 種，大曲 46 種之多。詞音樂的主要來源既然是燕樂，所以這種燕樂的性質內涵對詞體的風格本質必有重要的意義和影響力。故下面將對燕樂的來源、性質及曲風進一步說明。

貳、燕樂的流行與風格

隋朝統一南北後，爲何立刻以胡樂爲主而造成新的宮廷「燕樂」呢？原來北朝時代，塞外胡樂早已傳入中原，且已是其君臣間最流行的曲調。如《隋書・音樂志》云：「雜樂有『西涼鼙舞』、『清樂』、『龜茲』等。然吹笛、彈琵琶、五弦及歌舞之伎，自文襄以來皆所愛好。」可知胡樂在北齊、北周已甚流行，隋文帝既爲北朝人，耳濡目染下，對胡樂自然相當熟悉，則將之制爲朝廷主樂，乃是很自然的。

關於隋唐燕樂胡部各伎傳入中土的情形，略敘如下：

1. 龜茲、高昌、康國

《隋書・音樂志》載：「太祖輔魏之時，高昌款附，乃得其伎，教習以備饗宴之禮。及天和六年（西元 571），武帝罷掖庭四夷樂，其後帝娉皇后于北狄，得其所獲康國、龜茲等樂，更雜以高昌之舊，并於大司樂習焉。」可知高昌樂在北魏（約五世紀）時輸入北朝，而康國樂與龜茲樂是西元 571 年時，後周武帝由突厥皇后得來。事實上，龜茲樂進入中原更早，約在西元 384 年呂光滅龜茲時（參《隋書・音樂志》）。龜茲即今新疆庫車，爲少數民族及其他鄰國與中土之文化交融薈萃之地，是新疆古代諸樂種中最優秀的代表。所以龜茲樂的傳入對燕樂的興起有很大的意義。

〔註3〕見《中國文學史論文選集》《三》，龍沐勛《詞體之演進》一文，頁 1281。

2. 西涼、天竺

西涼樂乃是後涼呂光、北涼沮渠、蒙遜（西元431自立為北涼王）等人統治涼州時，以「龜茲樂」融合秦聲改造而成，號稱為「秦漢伎」。魏太武帝時平河西（指西元439滅北涼統一北方）時得此樂。改稱「西涼樂」。天竺樂即印度之樂曲，有濃厚佛教風味。〔註4〕

由上面敘述可看出燕樂各胡部樂很早就傳入北朝各國，且已逐漸與北方中國舊有之音樂融和（如西涼樂），而流行於朝廷君臣之間，所以當北方的隋朝統一南方時，自然成為宮廷燕樂的主力。這些遠來自西域、新疆，以及突厥、天竺的塞外之樂，充滿著奇特瑰麗的異國情調；加上其使用的樂器，如箜篌、曲項琵琶、篳篥、羯鼓等的音色與演奏風格之豐富優美、壯闊動人，乃使其由教坊而風行閭閻，成為中國音樂的新主力。而詞既然是在這種充滿新穎傳奇的北國塞外風味之音樂曲調中滋長起來的，則詞豈不是應具有一種獨特的、開闊的與豐富的內涵情調呢？

這個問題，若考察唐教坊曲調性質與風貌，就更能解答了。《教坊記》中，雜曲乃唐宋詞調的主要來源，就形式來看，以小令為多，但長調也不少，如《夜半樂》、《傾杯樂》、《蘭陵王》。由曲調名稱及創作來源看（唐詞曲調多詠本題），其內容是很豐富的：有充滿歡樂氣氛的，如《還京樂》、《破陣樂》、《相見歡》等，有傾向離情別愁的，如《戀情深》、《送行人》、《離別難》、《送征衣》、《長相思》、《更漏長》等，又有寫漁夫的《漁夫引》，牧童的《牧羊怨》，醉酒的《醉公子》，守陵園的《守陵官》或祀河神的《河瀆神》等等。

大曲是另一個廣闊的藝術天地，在表演上，是一種結合歌唱、舞蹈與器樂的大型歌舞曲。有的雄壯驚人，如《破陣樂》，《舊唐書・音樂志》云：「自《破陣樂》以下，皆擂大鼓，雜以龜茲之樂，聲震百里，動蕩山谷。」而像「《霓裳羽衣曲》是最著名的『法曲』之一」，演出

〔註4〕以上論龜茲、西涼等樂之意見及引文主要參《中國琵琶史稿》頁25、
　　　　49、54、58。

的風格完全不同，而具有「清和幽雅的，濃郁的宗教氣氛」。﹝註5﹞如王建《霓裳辭》所云：「一聲聲向天邊落，教得仙人唱夜經。」另外像《涼州大曲》則「反映中原人民在邊地所過的征戍生活」，﹝註6﹞頗有激切蒼涼之音，如白居易《秋夜聽高調涼州》所寫的：

> 樓上金鳳聲漸緊，月中銀宇韻初調。
>
> 促張弦柱吹高管，一曲《涼州》入沉寥。

充滿清美之感。岑參的《涼州館中與諸判官夜集》詩更身歷其境地寫出涼州與涼州曲調的蒼茫。

除了曲調，新興胡樂器獨特的美學風格，亦是豐富燕樂曲調之內涵情意的重要因素。燕樂主奏樂器是琵琶，由韓淑德、張之年的分析中，﹝註7﹞知太宗十部樂裏，除「康國樂」、「文康樂」及「清樂」外，有「七部都使用曲項琵琶，而且居於舉足輕重的地位。」而曲項琵琶以其天生體型、音色的優勢（梨形大腹共鳴強、音色變化多），加上進入中國後受傳統音樂優美細膩之風格的薰陶，使其表現能力更豐富，不管是文曲、武曲、大曲，獨奏或伴奏都有不凡的表現，已不限於「馬上之樂」，而成為中國詞樂的主樂。在這種種因素下，我們可看出，詞所依的燕樂曲調，其風格、形式與內涵，是豐富而浪漫多變的，絕非狹小柔靡，而是激越開闊，可文可武，可以表柔情，可以抒壯志，充滿無限的生命力。由燕樂的分析考察，讓我們理解詞的音樂生命是內涵豐富，格局廣闊，其風格本質可以全然不被所謂的「詩莊詞媚」之傳統婉詞所限制。這種由詞調的音樂角度所得之領悟，對辛棄疾豪放詞的探索，顯然也充滿了另一種新鮮而樂觀的意味。

第二節　中唐詞的優美質樸

中唐首先踏入詞壇，依拍填詞的是張志和、顧況、戴叔倫、韋應

﹝註5﹞二段引文見《中國琵琶史稿》，頁86、55。

﹝註6﹞見楊蔭瀏《中國古代音樂史稿》第二冊，頁29。

﹝註7﹞同註5，頁67。

物和白居易、劉禹錫等人。張志和最有名的作品是《漁歌子》五首，如：

> 西塞山前白鷺飛，桃花流水鱖魚肥。青箬笠，綠蓑衣，斜
> 風細雨不須歸。

寫出漁夫的優閒自得，語言通俗而流暢，充滿民歌風味。劉禹錫的《竹枝》與《紇那曲》等，則模仿四川巴州一帶的民歌而作，辭云：

> 山桃紅花滿上頭，蜀江春水拍山流。花紅易衰似郎意，水
> 流無限似儂愁。（《竹枝》）

> 楊柳鬱青青，竹枝無限情，同郎一回顧，聽唱紇那聲。（《紇
> 那曲》）

文辭優美而情思婉轉，寫景抒情皆生動，與白居易《憶江南》風格相似。

此外，文人常用的調子還有《調笑令》、《浪淘沙》、《長相思》、《如夢令》等。歸納起來，可知：第一，就詞調而言，文人用的不多，多出於教坊或民歌，可見教坊曲與民歌乃是當時文人詞調的主要來源。而由劉禹錫《憶江南》詞注云：「和樂天春詞，依憶江南曲拍爲句。」等來看，文人的詞作確實是「依曲拍填詞」的成熟形式的詞作了。第二，就內容與風格言，文人詞有寫江南風光、巴蜀民情，及漁父之詠歌、瀟湘之憑弔；亦有寫邊塞之苦，閨婦之愁或個人情懷，範圍是相當廣闊的。語言上，在民歌簡潔自然、生動活潑的主調中帶著一點文人的優雅修飾，整體來說是清新樸素的，表現了詞初起的風貌，在範圍上也大於溫、韋的情詞。

至於民間詞的代表就是著名的「敦煌曲子詞」。主要的集子是朱疆村的《雲謠集雜曲子》三十首，及王重民的《敦煌曲子詞集》一百六十餘首。略舉二首：

> 哀客在江西，寂寞自家知。塵土滿面上，終日被人欺。朝
> 朝立在市門西，風吹淚點雙垂。遙望故鄉長短，此是貧不
> 歸。（《長相思》）

> 莫攀我，攀我太心偏。我是曲江臨池柳，這人折了那人攀，
> 恩愛一時間。（《望江南》）

詞中表情的細膩深刻，形象的生動鮮明與文字的淺明尖新，充分顯出

民間文學的特色。王重民在序中說敦煌詞:「有邊客游子之呻吟,忠臣義士之壯語,隱君子之怡情悅志,少年學子之熱望與失望,以及佛子之贊頌,醫生之歌訣」,「言閨情及花柳者,尚不及半」。﹝註8﹞可見唐代民間詞,內容是廣闊的,反映的社會生活面是豐富的,不以「婉約情詞」為限。形式上,長調亦多,如《傾杯樂》111 字,《內家嬌》104字,《拜新月》86 字,《鳳歸云》84 字。《雲謠集雜曲子》中就用了十三個調子,如《天仙子》、《洞仙歌》、《破陣子》、《柳青娘》、《拜新月》、《喜秋天》等,都是文人詞作不用的,而都見於教坊曲目中。由此可見,在文人作詞之前或同時,教坊曲調已與民間交流,且為民間充分運用,在形式與內容風格上表現出複雜、豐富的色彩,與活潑旺盛的生命力,顯出唐詞本於教坊豐富多變的燕樂曲調而創作的特質。

第三節　婉約詞的風格建立──溫庭筠的女性愛情詞

　　詞在中唐以後,因文人的參與,使其藝術性日益提昇,到晚唐乃逐漸「形成了一種正式的文學體載」,﹝註9﹞其風格並深深影響後代,如《四庫全書總目提要》云:「詞自晚唐五代以來,以清切婉麗為宗。」此「清切婉麗」的代表作為何?即飛卿詞也,如黃昇《唐宋諸賢絕妙詞選》云:「溫詞極流麗,宜為花間之冠。」更具體說,他的成就與特色,就是以優美的女性愛情詞建立了詞的婉約傳統。為助於本論文對辛、姜婉約詞的分析,乃於此追溯溫詞的風格美學所在。

　　關於飛卿之生平才學,由史傳與傳記中知,他個性有些高傲、又深負音樂與文學才華,因他音樂上的浪漫才性與狂放行止,使他得罪權貴,致一生鬱抑,淪落而卒。﹝註10﹞但困舛的命運卻逼使他將才華更傾瀉於歌樓舞館的歌詞天地,在與歌伎的長期接觸了解中,以詞的

﹝註 8﹞ 引自《中國詞學批評史》,頁 7。
﹝註 9﹞ 見劉大杰《中國文學發展史》,頁 560。
﹝註10﹞ 資料據葉嘉瑩《迦陵論詞叢稿‧溫庭筠詞概說》,頁 4～8。

美化之筆寫出女性之美貌與愛情理想。關於飛卿詞的審美風格與內涵，可分三點敘之。

壹、雅化的審美追求──以閨閣佳人的才貌、感情為主題

　　五代花間詞人大多是在「則有綺筵公子，繡幌佳人，遞葉葉之花箋，文抽麗錦；舉纖纖之玉指，拍按香檀。不無清絕之辭，用助嬌嬈之態」（歐陽炯《花間集序》）的歡歌曼舞、綺情華宴的環境中寫詞，於是語言上就走向「鏤玉雕瓊，擬化工而迴巧；裁花剪葉，奪春豔以爭鮮」的華麗藻飾之途；而內容上。因這些詞客品德本不高，多是荒淫君主的狎客，如《十國春秋》云：「虔扆與歐陽炯、韓琮、閻選、毛文錫等俱以小詞供奉後主（孟昶），時人忌之者，號曰五鬼。」〔註11〕遂在酒酣放逸時，常常思入邪淫，如閻選云：「醉時想得縱風流，羅帳香幃鴛寢。」（《虞美人》）甚至露骨地描繪男女歡情，如「蘭麝細香聞喘息，綺羅纖縷見肌膚。」（歐陽炯《浣溪沙》）此實不僅為「艷詞」，乃「淫詞」也。這種作品在《花間集》中觸處可見，顯露花間詞的艷情格調。

　　溫庭筠則大不同矣，他是不得志之才士，非奉承君王、徵逐酒色的狎客，他雖與歌伎來往，卻不是在軟玉溫香的柔靡情境中寫詞。從作品看出，他是以詩人身份代女性訴說閨愁情怨，表達出歌伎潛藏內心的端莊心性和對真摯愛情的盼望；即其詞中所寫乃是女性本質的品格美貌，那是不分身份貴賤的，並在其中傾訴了作者的人格和理想。

　　　鬢墮低梳髻，連娟細掃眉。終日兩相思。為君憔悴盡，百
　　　花時。（《南歌子》）

顯然為良家女子思君之辭；又如《楊柳枝》云：「織錦機邊鶯語頻，停梭垂淚憶征人」，則征婦相思之語，意切情悲，猶如李白《烏夜啼》、《關山月》，乃民間樂府雜曲歌辭之類；〔註12〕飛卿詞中此類羈旅邊

〔註11〕見《中國詞學批評史》（中國社會科學出版社），頁29～30。
〔註12〕參見《樂府詩集・卷61・雜曲歌辭》序。

塞之詞作與詞牌皆甚多，如《遐方怨》、《定西蕃》、《蕃女怨》等。

飛卿抒情筆調也是含蓄的，如「春夢正關情，鏡中蟬鬢輕」、「相憶夢難成，背窗鐙半明」，皆以景襯情，含婉幽深；至如「知我意，感君憐，此情須問天。」更刻劃出堅貞痴情的女性形象。全集中艷語只「雪胸鸞鏡裏」（《女冠子》）一句耳。由他筆下女性描寫之深刻細膩，可見他與女性有相當交往與了解，但由素材到作品，已經過藝術轉化、美學昇華了——即他是把歌女的容貌、感情，以傳統閨中佳人的深情婉思、端莊閑雅來表現，去輕艷成貞靜，借優美之文辭意象襯托女性，使其品格風華煥然展現，如「水精簾裏頗黎枕，暖春惹夢鴛鴦錦」、「玉爐香，紅蠟淚，偏照畫堂秋思」等，精美的景物都含蓄地暗示了女主人的外貌與心靈之優美，所以葉嘉瑩說：「良以溫詞多寫精美之物象，而精美之物象則極易引人生託喻之聯想。」〔註13〕

故知飛卿對女性的眼光並未被眼前歌女身份所限，卻回溯到傳統文學的高度來寫她們的美好本質；詞中女性角色、情意，乃是古近體詩、樂府歌辭中的良家少女與思君腸斷的征婦，遂展現幽靜婉約的女性形象和語言風格。而在取材上，他以「離情」（別後）為中心，罕敘歡聚（僅二、三首，如《更漏子》：「金雀釵，紅粉面，花裏暫時相見」，皆點到為止），亦顯示他一種「雅化」、「婉約」的審美追求。蓋男女相會之刻畫易陷入情慾中，流於綺靡；而別後之相思不忘，反更凸顯此情之深摯不移與人性之精神品質，這種抒情上的「雅正」原則對宋代婉約情詞實影響深遠，不管是北宋晏、歐、周、秦，或南宋姜、吳等人，都遵循著這基本的審美要求，表現了傳統文人情詞的精神品格。

貳、藝術手法——比興象徵與意象跳躍

飛卿之詞，雖華美典重，但並非如「畫屏金鷓鴣」（五國維以此語評飛卿）徒飾藻彩；善以意象傳情，含蓄無窮，才是其詞最大特色。方式主要是：1. 善以自然界景象渲染氣氛，並喻示女主人的情緒處

〔註13〕見《靈谿詞說》，頁39。

境，其間則常以「移情」連接，這種意象表達，具有象徵意味。2. 以人為陳設來託寫女主人的容貌、氣質，並藉此物象起興聯想，有「興」的成分。3. 藉外界景象與室內景物的跳躍疊映，造成意象靈動迷離，含蓄豐富情境。下面以一首《菩薩蠻》詞為例：

> 水精簾裏頗黎枕，暖春惹夢鴛鴦錦。江上柳如煙，雁飛殘月天。藕絲秋色淺，人勝參差剪。雙鬢隔江紅，玉釵頭上風。

上片精美的「水精簾」、「頗黎枕」襯托了女主人的高貴；「鴛鴦錦」之暖春柔昵則使她憶起昔日甜蜜情景，乃「興」也。然往事既遠，濃情如夢，此刻獨處，江外煙柳似無情地訴說這淒然孤單的身世，渲染加深女主人的冷落，其心其境猶如「雁飛殘月天」一般，則移情之景也。下片四句，構成「外景——人——外景——人」的景物跳躍，呈現了意象的時空交疊，且艷美的佳人形象隔於茫茫江外，充滿一份幽淒之美感，而風飄綵勝，搖曳髮梢時，則此美已剎時化為動態之「媚」矣。

　　如此借象寓情、淒婉深厚的結篇方式，溫詞中觸處可見，如《菩薩蠻》：「鸞鏡與花枝，此情誰得知。」雖言「情」，卻又分明未說，都要從「鸞鏡」與「花枝」體會才知；鸞之成雙，花之嬌美，顯為起情之物，但伊人只道物象，空餘愁悵，如此言情，豈不深厚。白石《踏莎行》：「淮南皓月冷千山，冥冥歸去無人管。」與《暗香》：「又片片，吹盡也，幾時見得。」（結拍）其情景之清冷幽美而含蓄，皆與溫詞此處相似，蓋本於傳統婉約詞之意象手法也。

參、比興寄託之內涵聯想

　　以比興寄託說飛卿詞，始於常州張惠言，他說詞乃寫「賢士君子幽約怨悱不能自言之情」，而「溫庭筠最高，其言深美閎約。」（《詞選·序》）周濟亦云：「飛卿醞釀最深」，又陳廷焯云：「千古得騷之妙者，惟陳王之詩、飛卿之詞，為能得其神不襲其貌。」〔註14〕

　　然而飛卿之寫愛情與屈子之抒忠愛，畢竟相去甚遠，千年來皆以

〔註14〕見《白雨齋詞話》。

溫詞爲婉約情作代表，故今張惠言等倡言其中寄託賢士君子之忠愛，不免令人多生懷疑。究竟理由何在，是種曲解嗎？對這問題，葉嘉瑩在評介西方接受美學與結構主義的批評理論時，恰提供了一個相當貼切的分析基礎。基本的觀點是：張惠言等人對溫詞的解說，是透過詞中「語彙」的傳統用法、寓意的聯想。〔註15〕由符號學的理論知，我們所使用的語言，依其功能。可分成兩條軸線，一條是語序軸（Syntagmatic Axis），一條是聯想軸（Associative Axis）。語序軸指語詞的文法次序和構成的字面意義；聯想軸則代表語言中語彙的「譜系」（Paradigm）所引發的聯想世界。蓋文學中所用的每個語彙，如「美人」一詞，它在文學創作的歷史中已衍生了許多相似的用語，如「佳人」、「紅粉」、「畫眉」等，則當作者創作時，對語彙的取捨運用就有一隱含的表意成份在了；故透過詞中語彙，與抒情風格意象的理解，就會引發讀者在類似的文學傳統（創作）和歷史文化中的聯想，而對作品有了超出字面意義外的解釋，這就是聯想軸的作品詮釋作用，即張惠言等以比興說飛卿詞的理論基礎。

以此理論，可看出飛卿詞：1. 在敘寫的題材和情感本質，屈騷常以美人、芳草自比不得君愛、飄忽將萎的傷嘆，而溫詞以寫別後之情爲主，女主人不得情人愛憐卻仍摯情不移，實與屈原情感相似，故能因此聯想。2. 就使用語彙言，楚辭以「娥眉」自比高美品格，而溫詞亦有「懶起畫娥眉」之語，引人聯想飛卿有追尋高操之寓意。3. 由女性主義看中國傳統的五倫，發現傳統中強調的女性對男性愛情的堅貞，與男子對君王的忠誠，二者之身份與心態是極相似的；屈騷既可借女性之情託對君之忠，故以之聯想，溫詞中傾訴的女子深情亦可能是種賢士忠忱之寓託，即飛卿藉女子之美德愛情寄託自我美好品格與對國君的忠愛之情。

由以上的分析，我們看出：溫庭筠的婉約情詞，在狹窄的題材中，

〔註15〕其論主要見於《中國詞學的現代觀》，頁38～40。

卻能有一種追溯文學的愛國傳統之託喻聯想，使原本單純寫情的詞，具備了敘志的豐富潛質。這實爲傳統婉約詞的一大特色及內涵，對南宋豪放派詞人抒寫其愛國情感具有相當的啓發作用，如辛棄疾《摸魚兒》（更能消幾番風雨），即是根源於溫庭筠這種婉約詞的題材手法而抒寫屬於豪放範疇的愛國情感，豐富了愛國詞的天地（它亦可稱爲婉約形式的愛國詞）。這份了解，對傳統婉約詞的正確評價、審美探索及南宋豪放愛國詞的分析都是有幫助的，故附於此論述之。

第四節　豪放派詞風的淵源

　　詞史上首先明白提出「豪放」、「婉約」之分派者是明代張綖，在《詩餘圖譜》凡例中他說：

> 詞體大略有二：一體婉約，一體豪放。婉約者欲其詞調蘊藉，豪放者欲其氣象恢宏。如秦少游之作，多是婉約；蘇子瞻之作，多是豪放。

各以「詞調蘊藉」、「氣象恢宏」標示「婉約」及「豪放」詞的風格特性。其觀念遂爲後人沿用，且以蘇軾爲豪放派首，如《四庫全書總目提要》云：「詞自晚唐五代以來，以清切婉麗爲宗，……至蘇軾而又一變，如詩家之有韓愈，遂開南宋辛棄疾一派。」然就「詞派」的觀念言，要形成一詞派，必須結合許多優秀詞人的相似風格之作品，東坡那些豪放風味的詞，在當時既未得到迴響認同，「更沒有形成什麼思潮和文學派別」，[註16] 連其門下秦觀等四學士，亦不循東坡之風；而考其全集，真正具有豪放之風者不過《江城子：密州出獵》、《水調歌頭》、《念奴嬌：赤壁懷古》等數首，作品中最多的乃是清曠詞與婉約詞，即其風格「主要表現在『新曠』和『婉約』」，[註17] 而非「豪放」，如周濟云：「人賞東坡粗豪，吾賞東坡韶秀。」（《介存齋論詞雜著》）以粗名「豪」，顯然不以豪許之；王易《詞曲史》亦云：「非蘇

[註16] 見殷光熹《唐宋名家詞風格流派新探》，頁 174。
[註17] 同註 16，頁 174、187。

無以見名士之氣。」此名士風流,蓋清曠、婉約之作的表現;故劉大杰論東坡詞,三度以「豪放飄逸」名其意境、詞風與精神,即強調其詞作的飄逸清曠也。〔註18〕

故豪放派的確立與創作的高峰,實非辛棄疾莫屬。而上溯詞史,筆者以為豪放派詞風淵源,可略敘以下四點:

壹、主觀白描與勁切熱烈之筆——韋莊

豪放派詞之寫作,就取材方式、敘寫角度言,具有一種強烈的主觀色彩和勁直發露的抒情筆調,這一點在晚唐韋莊詞中已經可見。觀韋莊詞,雖多寫愛情,然其感情纏綿沈摯,充滿個人色彩,完全不同溫庭筠詞的客觀平和;而在表現的筆法上,亦趨向直露勁切,多用白描,其所以如此者,蓋韋莊乃一情感強烈且執著之人(這點稼軒不也相似嗎?),故敘寫上「多作直接而且分明之敘述」,〔註19〕試以《荷葉杯》詞為例:

> 記得那年花下,深夜,初識謝娘時。水堂西面畫簾垂,攜手暗相期。　惆悵曉鶯殘月,相別,從此隔音塵。如今俱是異鄉人,相見更無因。

詞中時地情節皆歷歷分明,充滿個人色彩,不可移易他人;又《女冠子》(四月十七)一首,標明別離時日、別後之恨,風格亦然,所寫「莫不勁直真切」。〔註20〕這種「較疏」、「較顯」〔註21〕的主觀抒發、情感摯切及白描直述,無疑是豪放派詞人筆法上的基本特徵,雖不必模仿韋詞,然風格特性是相似的。

貳、文人修養、憂生之情的融入所成之「高格」—— 馮延巳

〔註18〕見《中國文學發展史》,頁 630～632。

〔註19〕見葉嘉瑩《靈谿詞說》,頁 49。

〔註20〕同註19。

〔註21〕同註19,頁 69。

正中之詞「纏綿盤鬱，意境深厚」，﹝註22﹞雖題材上仍以光景流連、個人抒情爲主，然因士大夫精神修養和生命嚴肅態度的注入，使其詞已不似韋莊爲情所限，而是以心感物，寫出「一種純屬心靈所體驗的感情境界。」﹝註23﹞此昇華的感情境界乃使其詞含攝更深厚的情境容量和感發質素，如王國維云：「馮正中雖不失五代風格，而堂廡特大，開北宋一代風氣。」（《人間詞話》）蓋以一身居要職的貴族文人，本以家國爲慮，而身處南唐小王朝日趨危殆的情勢下，時代的感傷已不知不覺地進入其詞的意象中，如《鵲踏枝》云：「獨立小橋風滿袖，平林新月人歸後。」表面雖只是一孤獨清美的畫面，然畫之後卻有份「年年」難釋的深愁；而另一首《鵲踏枝》：「梅落繁枝千萬片，猶自多情，學雪隨風轉。」更構繪了「一個完整而動人的多情之生命殞落的意象。」﹝註24﹞實寄寓濃厚的時代之憂，故葉嘉瑩云：

> 歷來評者往往以爲馮延巳詞含有家國身世之慨，如馮煦即曾云：『周師南侵，國勢岌岌，中主旣昧本圖，汶闇不自強，強鄰又鷹瞵而鶚睨之。……翁負其才略，不能有所匡救，危苦煩亂之中鬱不自達者，一於詞發之，其憂生念亂，意內而言外，跡之唐、五季之交，韓致堯之於詩，翁之於詞，其意一也。』﹝註25﹞

以此情此理觀南宋張元幹、張孝祥與辛棄疾等人，不正同樣滿懷對家國人世的傷嗟感嘆嗎？故由詞史角度而言，實可溯源於正中也。

參、國破家亡之「悲恨」──李煜

南宋愛國詞人之寫作，很重要的一個原因和內涵乃是家國淪亡之恨。在詞史上，第一首優秀的悼念亡國之詞應是鹿虔扆的《臨江仙》：「金鎖重門荒苑靜，綺窗愁對秋空。翠華一去寂無蹤，玉樓歌吹，聲

﹝註22﹞見夏承燾《論韋莊詞》，轉引自註16，頁79。
﹝註23﹞見葉嘉瑩《迦陵論詞叢稿》，頁73。
﹝註24﹞同註23，頁84。
﹝註25﹞同註21。

斷已隨風。」風格蒼涼沈厚，然全首作客觀之描述，似非個人亡國之情，故第一位深深寫出亡國之痛者，乃南唐李後主也。

後主是至情至性之人，雖早期畫堂歡會、櫻桃嬌那之詞，充滿柔昵風流，然國亡之後，原本美好的歡樂頓時化為無止境的悲恨；「夢裏不知身是客，一晌貪歡」，夢醒時才知「三千里地山河」的美好家園早已成空，「還如一夢中」，徒使「人生長恨水長東」。其悲涼的亡國身世，不正像南宋愛國詞人嗎？而其抒於詞中的感恨悲鬱，更是何其相似，如陸游云：「關河夢斷何處，塵暗舊貂裘。」（《訴衷情》）張孝祥《六州歌頭》云：「長淮望斷，關塞莽然平，征塵暗，霜風勁，悄邊聲，黯銷凝。」及稼稼云：「夷浦諸人，神州陸沈，幾曾回首」、「中州遺恨，不知今夜幾人愁」（頁 119、551）〔註26〕等亦然。故從時代遭遇言，豪放派詞人感於北宋故國之亡而寫，與李煜身歷國亡相似矣，其不同者，李煜前途一片黑暗，詞情極度凄惘悲涼，但豪放詞人卻滿懷信心，要為國為民而戰，誓欲成功：「我最憐君中宵舞，道男兒，到死心如鐵。」（《賀新郎》，頁 201）乃其肝膽；「踏破賀蘭山缺」與「饑餐胡虜肉」，是其志願。故從李煜吐出的淪亡悲恨，卻在豪放詞人手中激盪為抗戰之高調、救世之英聲矣。

肆、直抒豪邁之氣、人世之慨而造成的「闊大境界」 ——蘇軾

由前述知東坡雖未真正建立豪放派，但卻為豪放派的闢基拓土者，何以能此？蓋東坡以個人豪邁的才華氣概注入詞中，以詞寫其悲歡苦樂、挫折與理想，氣象開闊、意境超遠，乃在形式與內涵上完全突破了過去婉約詞的狹小格局和音樂束縛，展現了詞的崇高格調和闊大境界，此創作成就實給予南宋愛國詞人極大啟示，連續約派詞人亦吸收了他的高美風華。在其詞中，個人色彩是多麼強烈，感慨亦極深

〔註26〕所注頁數，指《稼軒詞編年箋注》（鄧廣銘編，華正書局，民 75 年版）之頁次也。

沈，如「我欲乘風歸去，惟恐瓊樓玉宇，高處不勝寒」、「燕子樓空，佳人何在，空鎖樓中燕。古今如夢，何曾夢覺」、「歸去來兮，吾歸何處，萬里家在岷峨，百年強半，來日苦無多」等語，散文的語法，蒼涼的情緒，頓挫的聲調，都與豪放派愛國之作相似。可知東坡超邁豪放的精神與詩人作詞的筆法，已為豪放派繼承；而其所寫的報國情志，如《江城子：密州出獵》云：「會挽雕弓如滿月，西北望，射天狼。」那精神飽滿、志氣凌雲的豪傑形象更在南宋愛國詞人身上開花結果，這些都是蘇軾對豪放詞發展與風格構成的重要貢獻也。

第二章　稼軒、白石生平與文學

第一節　家庭出身與思想遭遇

壹、辛棄疾

　　辛棄疾，原字坦夫，後改字幼安，中年後別號稼軒。〔註1〕於西元 1140 年（高宗紹興 10 年）5 月 11 日卯時，〔註2〕生於山東濟南四風閘，〔註3〕四風閘在濟河之濱，風光優美，今濟南大明湖畔有「辛稼軒紀念祠」。於西元 1207 年（寧宗開禧 3 年）9 月 10 日卒於鉛山縣瓢泉宅，年六十八歲。

　　稼軒先世為狄道人，即今甘肅省臨洮縣（臨洮在蘭州南方一百多公里），先祖維葉才遷居濟南，〔註4〕故知稼軒本隴右河西之人，隴西塞外，民風驍勇，古來多出將才，辛氏在漢代有辛武賢父子，即為著名武將，而大將李廣亦稼軒同鄉，《唐書·宗室世系表》載：「李氏出自嬴姓，其後有仲翔……戰沒，葬隴西狄道東川，因家焉。仲溯生伯考，……伯考生尚，……尚生廣，前將軍。」〔註5〕所以本於先祖武

〔註1〕見周孚《蠹齋鉛刀編·卷三十》，轉引自劉維崇《辛棄疾評傳》，頁 1。
〔註2〕見辛啓泰《稼軒先生年譜》，轉引自《辛棄疾評傳》，頁 1～2。
〔註3〕見《辛棄疾評傳》，頁 1。
〔註4〕同註2。
〔註5〕引自《李白集校注》，冊一，頁 763。

將血統與故鄉的塞外豪情，以及祖父給他的民族精神教育，〔註6〕使稼軒雖在淪陷區長大，卻培養了一份強烈的愛國志節。而且他天生體格魁偉、武力驚人，〔註7〕更給他一個忠義慷慨，為國而戰的大將條件，造就出一位卓絕偉烈的英雄詞人，如他在《永遇樂：戲賦辛字，送茂嘉十二弟赴調》詞所云：「烈日秋霜，忠肝義膽，千載家譜。」

此義烈偉傑的氣概，正是稼軒對自我生命的宣誓，所以其作詞亦是鼓吹愛國激情，抒寫受打擊的悲憤，非求辭章之美，所謂「有意雄泰華，無意巧玲瓏」〔註8〕也。

稼軒 23 歲南歸宋朝，但只被授與江陰簽判小官；26 歲時上孝宗《美芹十論》，31 歲上宰相虞允文《九議》論抗金復國大計，皆未受重視，其後宦於江淮、兩湖，42 歲冬被彈劾罷官，歸隱帶湖十年；53 歲再出仕、任福建提點刑獄，但兩年後又被罷黜，再隱帶湖、遷瓢泉（57 歲），又過九年，即 64 歲時才又被召，任紹興知府兼浙東安撫史，轉鎮江知府，準備北伐，但旋被罷廢，68 歲卒於瓢泉。其生平仕宦遊蹤前人論之詳矣，不再贅述。〔註9〕這裏略補充其隱居上饒之帶湖與鉛山之瓢泉的地理位置。據李德清《稼軒詞信州古今地名考》，帶湖應在上饒市北郊一里左右，古茶山寺東邊，今「上饒市第一中學東側至北門鄉龍牙亭一帶田園山地。」〔註10〕舊址地形今猶在，帶湖仍殘留幾口池塘；鄧廣銘《稼軒詞編年箋注》云：「帶湖，在信州府城北靈山下。」（頁 77）是不準確的。〔註11〕

〔註6〕見《美芹十論》前言云：「大父臣贊，……每退食，輒引臣輩登高望遠，指畫山河，思投釁而起，以紓君父所不共戴天之仇。」
〔註7〕劉過《呈稼軒詩》：「精神此老健於虎，紅頰白鬚雙眼青。」又《宋史》本傳僧義端云：「我識君真相，乃青兕也，力能殺人，辛勿殺我。」轉引自註3，頁3。
〔註8〕見鄧廣銘《稼軒詞編年箋注》（台北華正書局），頁419。
〔註9〕如鄧廣銘《稼軒詞編年箋注》附錄《辛稼軒年譜》、陳滿銘《稼軒詞研究》等。
〔註10〕該文收錄於《辛棄疾研究論文集》，頁342～352。
〔註11〕因《上饒縣志》載：「靈山在城西北七十里。」（見《辛棄疾評傳》，

至於瓢泉，由李德清之敘述，知在鉛山縣稼軒鄉橫坂村瓜山下蔣家峒，距上饒 55 公里；而由筆者走訪發現：瓢泉依舊在，泉水仍潺湲，且稼軒住屋還留有斷壁殘垣，真令人喜出望外。（請參附圖 18、24）而辛稼軒的墓則在鉛山縣永平鎮陳家寨附近的陽原山中，距鉛山縣城約三十餘公里。（參附圖 20、21）

貳、姜　夔

姜夔，字堯章，饒州鄱陽人，（註 12）據清乾隆年間烏程姜虬綠編校《姜忠肅祠堂本白石集》附載之《九真姜氏世系略表》，知白石是九真人，而七代以下之先人是：泮、岵、俌、頤、俊民、元鞏、噩（白石父親）。又近人陳思《白石道人年譜》引《宰相世系表》云：「九真姜氏，本出天水。」天水在稼軒祖籍隴西臨洮東方不遠，則白石與稼軒可謂是同鄉了。（註 13）而《世系略表》載姜泮「饒州教授，因家上饒。」即姜氏遷來江西時先住在上饒，很巧合這又是稼軒隱居處，可見兩人實在很有緣；但姜夔出生時，家裏已搬至鄱陽。其生卒年日未可確考，夏承燾云：「今皆難確知，僅知其生年約當宋高宗紹興 10 年（1155）左右，卒年約在宋寧宗嘉定 14 年（1221）之後而已。」（註 14）依此說，則其年齡約小稼軒 15 歲，卒年亦晚 15 年左右。

白石童幼即從父宦居漢陽，後來父親早歿，詞人才十餘歲，《昔遊詩》序云：「夔童歲孤，奔走川陸。」乃依大姐為生，如《春日書懷四首》云：「衡茅依草木，念遠獨伯姐。」稍長後，為謀生計及出路，乃漂泊四方，所謂「奔走川陸，數年以來，始獲寧處」也。32 歲左右識蕭德藻於長沙，同年冬隨其東下湖州，又識楊萬里、范成大等大詩人。居湖州，有「南山仙人何所食」詩，題云：「余居苕溪上，

頁 122），但稼軒帶湖分明在城北里許耳（見洪邁《稼軒記》），故知鄧氏所注未確。
〔註 12〕白石《聖宋鐃歌鼓吹曲》序云：「鄱陽民姜夔」，故知鄱陽為其出生籍貫。
〔註 13〕以上資料據夏承燾《姜白石詞編年箋校》，頁 224。《行實考》。
〔註 14〕同註 13，頁 226。

與白石洞天為鄰，潘德久字予曰白石道人。」此其「白石道人」之號的由來。其南來本欲求人生事業之發展，然或許未得有力之引薦，變成過著江湖游士般寄人籬下的生活，雖日遊於太湖、蘇杭之美景中吟詩賦詞，仍不免強烈感傷，如《湖上寓居雜詠十四首》（《詩集·卷下》）云：「囊封萬字總空言，露滴桐枝欲斷絃。時事悠悠吾亦嬾，臥看秋水浸山煙。……夜涼一舸孤山下，林黑草深螢火飛。」雖然亦有「布衣何用揖王公，歸向蘆根濯軟紅」之襟期瀟灑，但終有生事無寄、志懷未展之恨然。且加以青年時相識於合肥之情侶可能亦因自己「牆頭喚酒，誰問訊、城南詞客」（《惜紅衣》）之清貧處境而不得迎之同聚，益使其柔婉善感的心靈增添無限淒涼感傷，使他一生追憶悼念這份難諧的深情，留下無數感人的詞章，若以文學論，或亦悲中一幸乎！

以思想人生觀言，白石未嘗無用世之心，曾說「士無五羖皮，沒世抱枯槁。」而 43 歲時上書論雅樂，進《大樂議》及《琴瑟考古圖》；及 45 歲上《聖宋鐃歌十二章》，都看出他希望有所作為。雖然他沒有稼軒的慷慨大志，但他自是一位品德高尚、才華傑出的人，宋·陳郁《藏一話腴》說他：「氣貌若不勝衣，而筆力足以扛百斛之鼎。家無立錐，而一飯未嘗無食客。圖書翰墨之藏，汗牛充棟，襟期瀟脫如晉宋間人。」對其生活條件似乎有點誇張，但對其氣貌、筆力與襟懷之形容應是差近的。

第二節　文學創作

壹、辛棄疾

稼軒忠義慷慨，偉傑一世，其於詞本非有意而作；其著作除詞外，尚有詩、文、奏議，其中奏議之《美芹十論》、《九議》尤卓絕不凡，代表他在政經、軍事各方面的深刻見解和才華。

單就本論文所探究之詞言，稼軒詞作主要版本有二：一是稼軒生前刊行的「長沙四卷本」，名曰《稼軒詞》，見《直齋書錄解題》及《文

獻通考》，收詞 439 首，分甲乙丙丁四集；二爲《宋史‧藝文志》著錄之「信州十二卷本」，名曰《稼軒長短句》，收詞 573 首。〔註15〕

　　四卷本的流傳，到明代時，以毛晉汲古閣影宋精鈔本最好，如鄧廣銘《書諸家跋四卷本稼軒詞後》所說：「汲古閣影抄四卷本之精，由涵芬樓新印本所附校記及夏敬觀、張元濟跋文中已可概見。」〔註16〕然此本清代皆不傳於世，到清末才由涵芬樓新印流傳，今有商務印書館影印刊行。除毛晉外，另有吳訥所輯《唐宋名賢百家詞本‧稼軒詞》，亦屬四卷本系統，但不及毛晉本之善。

　　至於十二卷本，今之傳世者最早是元大德己亥刊行之「廣德書院本」（1359）此本考校精嚴且收詞最富，故黃丕烈《跋元大德刻稼軒詞》云：「以此十二卷者爲最善。」〔註17〕傳至明朝有嘉靖丙申（1536）歷城王詔開封刻本，此本即被毛晉收入汲古閣《宋六十名家詞》中，並併十二卷爲四卷。毛氏此版後來爲清萬曆十六年（1811）萬載、辛啓泰編刊《稼軒集鈔存本》所據；今中華書局「四部備要本」、商務印書館的「影印毛氏六十名家詞本」，都是從毛晉汲古閣本來；又王鵬運「四印齋刻詞本」之《稼軒長短句》亦本於毛氏。

　　近人治稼軒詞，版本箋校較精者，應以鄧廣銘的《稼軒詞編年箋注》爲代表，收錄完備且流行甚廣，故本論文對稼軒詞之研究，詞作即以該本爲準。而該本目前台灣通行的是民國五十年後的再版「增訂本」，由華正書局印行；大陸另有西元 1993 年 10 月由上海古籍出版社首印之三版「增訂本」，增加箋注，也改變卷帙安排，但總體詞作沒變。本論文所依據的乃是台灣出版之再版增訂本。以上爲稼軒詞版本大概。

貳、姜　夔

　　白石是位多才多藝的高士風格之文學家，他一生未仕，嘯傲江

〔註15〕據陳滿銘《稼軒詞研究》，頁 42。
〔註16〕見鄧廣銘《稼軒詞編年箋注》附錄，頁 585。
〔註17〕同註16，頁 568。

湖，以專業的態度爲詞，留下八十四首精雕細琢的唯美詞作，價值極高。他又擅書法，精音樂、篆刻，且風采高雅，如范成大譽其：「翰墨人品皆似晉宋之雅士。」然除了風姿清雅的外在，事實上，他更有極深摯的愛情和卓絕的審美創造能力，這就非晉宋雅士所及了。

其文學著作有詩、詩說及詞，詩集據夏承燾《白石詩詞集》詩卷上、卷下、集外詩及集外詩補遺，共 176 首。〔註18〕詞集即《白石道人歌曲》六卷，宋代以來傳刻情形，據夏承燾《姜白石詞編年箋校·版本考》可分成四個系統：

一是最早的刊本，南宋寧宗嘉泰二年（1202）由雲間錢希武在東巖讀書堂刻的《白石道人歌曲》六卷；他與白石是世交，故其採錄當諜之白石，可視爲白石手定本，但未廣行；到元至正十年，陶宗儀才再刊行白石詞，爲六卷加別集一卷。陶鈔亦未廣行，毛晉即未言之，到清初才又復行，有兩本：一是五卷加別集一卷本，爲上海周晚菘所見，旋湮滅；二是雲間樓敬思得於北平者，後傳三支，即江炳炎、陸鍾輝、周耕餘。此三本今以陸本流傳最繁，而朱祖謀、鄭文焯以爲江本是江氏自寫定，比另兩本少訛誤。

二是花庵詞選本。南宋黃昇《絕妙詞選》刊於西元 1249，載白石詞 34 首。明毛晉汲古閣《宋六十名家詞》即依之。

三是南宋刊六十家詞本。見《詞源》下，今已不傳。

四是《直齋書錄解題》及《文獻通考》著錄本。此二書各著《白石詞》五卷，與錢刻、陶鈔本不同，今亦湮滅。

所以白石詞版本之存者，乃以第一個系統錢刻、陶鈔之流裔爲主，而今日所見，較完備而通行者乃夏承燾《姜白石詞編年箋校》，由臺灣中華書局印行，本論文姜夔詞作即以之爲準。

〔註18〕《白石詩詞集》，民國 70 年 9 月，台北華正書局印行。

第三章　稼軒、白石詞作主旨探索之理論

第一節　詞作主旨界定對研究的意義

　　由引言所述知，將辛、姜二人全部詞作加以仔細分析，評估內容主旨和分類，乃本論文前半部的主要工作。這工作的結果會在第四章以後說明，而本章則希望為此結果提供一些理論與方法上的根據，即做準備工作也。

　　為什麼要對詞作進行全盤分析和分類歸納呢？主要是因為在筆者研讀辛棄疾與姜夔詞的過程中，發現一般學者對二人詞作內容的分析和舉証，大多是用幾個概略性的標題或項目來包括全部詞作的內涵，如「抗金詞、閒適詞、農村詞、愛情詞」或「憂愁感慨之作、節序詠懷之作、紀行寫景之作、……」等等，這些分類形式在筆者的推敲思辨中，常感覺分不清其分類的明確義界和分類內容，有時則覺得那幾個分類項目似乎漏掉了某些題材的作品，於是不免懷疑這樣的研究方式和結果呈現，是否研究者已充分掌握了全部的作品，並考量了每首詞的形式與內涵的特性差異呢？這一點，筆者認為是很重要的，因為如果研究的對象沒有完全掌握好，分類的內涵也不明確，則所做

的分析成果難免會打折了。有關稼軒與白石的研究著作多矣，如果筆者對詞作只用取樣的方式閱讀，對分類亦只沿襲一般形式，沒有更深一步的內涵推敲、理論檢覆，不能把作品內容做一較完整的結構化呈現，則得到的「比較研究」結果，恐不免於泛泛之論，就稱不上研究的成績和意義了。

但是，企圖克服這個疑問時，立刻面臨一個更大的困難，這困難不是因為稼軒詞有 626 首之多，而是企圖把「充滿暗示性、多義性的文學作品」，在涵義上作明確義界或分類，以為研究工作之基礎的困難。蓋人們的思想感情是複雜的，形於文學中，作者運用的題材、表現的手法、寫作的因緣與表達的情感意念間的結合方式更是微妙善變，所以要為作品做完全的闡釋或主旨範疇的判定，原本就是不太可能的。唯今天本論文是對兩位風格、成就完全不同的詞人做比較，如果對詞作的內涵思想和形式風格間的關係聯繫，無法達到一種理論性的標準化程度，沒有辦法把兩人的詞作形式與內容提到一共同的評量基準點上，則不免猶豫將如何比較起，就無法完成論文了，所以只有勉力去做這個工作，此即本論文第三、四章的部分。

還好，有這個理念和做法的，並不僅筆者一人而已，顧之京寫的《辛棄疾農村詞篇什探究》〔註1〕一文中，第一個標題就揭示說：「數量篇什是研究稼軒農村詞首先要解決的問題」，如何確定數量篇什呢？自然要從全集每一首詞的內容主旨分析批判著手，這就是筆者的研究方式也。他接著解釋其理念：

> 進行任何一項研究工作，都必須明確所要研究的對象和範圍。……不判定其數量與篇什，沒有共同的研究範圍與對象，研究者們各依所據而立論，難免各執異端，的異矢亂。
>
> 〔註2〕

於是他在文中從各種角度分析哪些主題、內涵才算是農村詞，如農村

〔註 1〕該書由中國文聯出版公司出版，見參考書目。本文見該書頁 95～108。
〔註 2〕同註 1，頁 96、97。

風光、農民生活、詞人鄉居生活等；又廣泛舉証辨析許多包含農村題材的詞卻並非農村詞，因爲它們並非以農村生活、農村的風貌和情緒爲主旨的，如《鷓鴣天：有客慨然談功名，因追念少年時事，戲作》這首詞，末拍云：「卻將萬字平戎策，換得東家種樹書。」上片中詞人懷念年輕時抗金戰鬥的英勇壯盛場面，下片則流露受抑閒廢的憤嘆，由思想風格之主力來說，乃是首愛國壯詞，唯以不得志之悲慨爲襯。有人借「種樹書」三個字的農村題材，遂將此首歸入農村詞，顯然是對詞作主旨與風格的極大誤解。

　　這首《鷓鴣天》只是顧之京對稼軒農村詞主題辨析之一例，由他論農村詞的評論方式，正好可推廣到稼軒與白石的全部詞作。這種「正名分」的強調「確定研究對象之範圍」的理念，對於「以詞人全部各類詞作爲對象之研究」（本論文）更加重要，因爲如果我們把一首愛國情感的詞視爲個人失意牢騷，把鄉居閒適之作視爲失意憤懣，或將友朋情誼爲主之詞當成抒發自我感懷等，都是對詞作主旨鑑別上的失誤，累積多了，將使整體詞作成果的評估偏差，自然結論就不夠可靠，研究的條理、理論也變得模糊不清了，這樣就會造成顧之京文章中說的：「以並非農村題材（案：應說「農村主題」）的詞來作爲農村詞的研究立論，研討工作就失去了起碼的科學性」的結果。〔註3〕雖然文學批評非科學研究，很難說誰科學或誰不科學，但學術研究總是有科學精神在的，有許多科學方法值得考量的。職是之故，本論文乃對辛棄疾與姜夔的詞作，以「內容主旨」的探求爲中心作一首首的分析，並在分析過程中由作品與各種批評原理（如文學的表現特質、中西的批評方法、他人研究成績、詞牌詞題與風格的傳統內涵等）的結合運用，而逐漸建立對二人詞作主旨的評析理論和分類理論，以充分解釋和涵攝他們內容豐富、多采多姿的詞作，得到一種比較系統化、邏輯化的作品觀，而作爲後半部對二位詞人創作特質、風格藝術之分析比

〔註3〕同註1，頁98。

較的根據。這種企圖增進本論文「科學性」、「理哲性」的努力，是筆者進行此一研究的基本理念。

由於稼軒與白石各自在豪放派與婉約派中佔有極高的地位，前人之論又多，所以今天要將二位詞人一起比較時，就發現面對一龐大深厚的詞學傳統，是以在研究上不免思路紛馳，而經常考慮的一個問題就是「作品思想情感的本質、表現的類型與風格構成的關係」，這點對辛、姜這二位風格截然不同的詞人之研究，是有很大關係的；也因這種種的考量，而衍生了較複雜的前提理論──包括第一章到第四章都是。前面已提到詞作主旨辨析之難處，與分類上各家的紛歧處，固然每位研究者都有相通之論，但亦各有不同之見，要將之標準化，是困難且無必要的。本論文自亦不敢作此想，惟希望在這部分多費一些工夫，能使辛、姜的比較研究有更深一點的見解和說服力，因為筆者把每一首詞劃入哪個思想範疇、哪個類別，已事先做了相當程度的理論說明，是有系統化的觀念在的。

本章下節以後，就針對「詞作主旨之探索」這個主題，把主要的相關理論和方法，依類加以闡說。

第二節　詞作主旨之探索──由文本以探主旨

上節已陳述了「全面評析作品主旨」對研究的意義，但要如何才能接近作品的主旨呢？正如引言所稱：以文學作品為標目的研究，作品本身的分析是最重要的。而主旨是藏在作品的文辭結構──即文本（Text）〔註4〕之中的，所以欲求詞作主旨，最正確的方式就是以作品本身為依據，即由文本以探主旨也。

〔註4〕台大梅家玲《漢晉詩歌中「思婦文本」的形成及其相關問題》一文，頁2云：「而『文本』（Text），則包括『書寫的和言談的語詞』，及所有或有形、或無形的人文活動和自然現象：透過對它的掌握、參與，乃有意象之喚起、意義之詮釋，以及創作之表現等活動的繼起。」解釋了文本的涵義，和由文本回溯作者創作情境的道理。該文見發表於民國84年12月16日，東海大學「婦女文學學術會議」。

　　主旨是什麼呢？簡單說，就是作品的中心思想和情感。作品的創作動機，雖所懷非一，但必有主旨，猶如將軍帶兵出戰，雖兵分五路，必有一致的進攻目標，此目標就相當於詞作的主旨也。

　　就創作的原理和過程而言，詞中的思想情感，在未被作者用語言文辭加以整理凝聚時，只是詞人內心一些紛然交疊的印象、情緒或感覺，是凌亂沒有規則的，談不上什麼思想，頂多是起伏不停的「情」和朦朧的「意」罷了，一定要經由理性的過濾與語文的賦形，它們才能由腦海跳出，變成具體的思想情感，化爲優美的文學作品。故由此我們可得到兩點瞭解：一、作品中的意象世界並不等於詞人心中原本的情意世界，因爲作品的完成已融入了許多文辭的藝術形式和表現上的取捨（理性過濾），所以作品完成後它就是一個自足的世界、特定的時空，有其主旨所在，不可任意向詞人內心世界延伸，以某些意識傾向來界定詞作主旨。二、作品中的思想情感既然是因作品的語言文辭之賦形而呈現，則顯然二者是同步的，即文辭形式之完成亦是思想情感完成時，二者並非各自獨立的實體，亦非內心先有一獨立的思想感情，再用文字去傳遞它，所以內容就在形式中。故今欲求詞作主旨，必以作品形式──「文本」爲唯一的可靠憑藉，其他的作者或時代環境分析，只是幫助我們更加理解詞意而已。

　　就上述第一點而言，它也是一種「藝術距離」的現象，蓋藝術本就是「眞實世界」（包括內心與外界）之有距離的觀照和美學創造。在內心情意化爲語文形式時，它與作者內心當下的、眞實的心絃意緒已有了距離，這是因藝術形式的參與造成的，也可說作者是站在一個「美學距離」之外來觀照內心世界、悲歡苦樂，所謂「能入又能出」，才會有文學作品的展現。所以作品是透過意象的編織、修辭的美化而形成的「意象世界」，並非眞實世界的翻版照抄，如舞台上杜麗娘唱的《牡丹亭・尋夢》之幽情繾綣、羅密歐與朱麗葉的痴情對唱，那人爲的佈景舞台與妝扮，都會告訴人：「這是一場戲」，戲當然不是「眞實」；但戲中的情意、故事，卻是那樣眞實感人，這就是藝術的「眞」

——本於內在之真情。以稼軒和白石的抒情、寄慨之詞而言，當內心的情感、悲苦透過詞的藝術形式表現出來時，詞人的精神亦得到舒解了，這是藝術對人的安慰力量，也可說是「悲劇的美感效果」（包括對讀者）。正如史賓諾沙在《倫理學》中所說：「我們只要把痛苦的情緒塑成一幅明確的圖像，就不再痛苦了。」〔註5〕即說明了當我們把心中的情緒（特別是痛苦的感覺），視為客觀的對象，而運用理性的語言思維加以組織表現——如變成文辭作品，去欣賞它、分析它時，則痛苦就會在無形中轉移消釋了，因為我們的心已被自己創造的藝術意象世界所充滿，情緒愁苦也被解釋而寬慰了。這種藝術創作的心靈作用，正是稼軒與白石許多抒懷寫愁之作的特徵。

　　至於第二點中關於詞作主旨的探索，則有一個重要的批評觀念必須加以說明，那就是時代、作者的批評對主旨詮釋的影響，即所謂「知人論世」也。我們知道中國遠在三代時，就頗重視政教倫理的人生哲學，如周公制禮作樂、孔子刪訂六經、諸子百家之作，乃至天子采詩觀政等，都是重視文學的道德人格內涵，所以孟子提出：「誦其詩而不知其人可乎？所以知人論世也」的文學批評觀，嗣後在中國文學史上一直很重視作者人格的文學影響，甚至云：「人格即文格也。」這種觀念到今天就成為研究上對作者生平、思想與時代等「外緣性因素」的重視，多列為研究的第一部分。在引言中已表達了本論文是較重視「形構主義的批評法」，主要以「作者呈現的詞作文辭」來論其主旨，即強調作品的「內緣」研究也，則在這種研究方法下，於詮釋作品時，對作者的人格思想是如何考量呢？

　　關於這個問題，藉由現代一些新的批評觀念，已能有較明晰客觀的解答，簡單說可歸納為以下二點：一、不將作品以「意識批評法」來詮釋，而忽略作品本身的文辭意義，即對詞作語彙透過作者身世思想、文學創作傳統或社會文化義蘊等所做的「詞意聯想」，要以文本

〔註5〕見弗蘭克著，趙可式、沈錦惠合譯《活出意義來》，頁96頁。（光啓出版社）

的內蘊──包括意象、意境和抒情風格（主調）等爲限制。二、藉由
作品文本之細讀（Close reading），以更正確求得主旨。

　　就第一點而言，在中國這個重視文學主觀抒情的國度，不管是「言
志」的詩，或「抒情」的詞，作品風格內涵與作者品格思想的聯繫都
是很密切的，可以說作品即作者生命的眞實表現，所謂「眞字是詞骨，
情眞景眞，所作必佳。」（況周頤《蕙風詞話》，卷一，頁 3）亦即葉
嘉瑩所說：「本來就詩歌之創作而言，在中國之傳統中，固一向以言
志抒情爲主，故首重內心的感發。」〔註6〕此「內心的感發」就是內
在情志的率然流露而具有美善之感動力者。以稼軒和白石而言，其詞
都是寫其情感、襟抱之不可不吐者，而非爲交際應酬，是以詞中流露
的主觀意識、生命色彩也更強烈了。

　　然而，本論文既以詞作爲研究中心，自當「就詞論義」，至於作
品外的因素，如作者思想理想、身世遭遇，當然是協助我們更徹底了
解詞作義涵所必須，但運用時不可過度，否則就流於「作者中心的文
學批評」或西方文學批評所稱的「意識批評」（Criticism of
consciousness），這種批評觀認爲「很多偉大的作者，都可以從他系列
作品中，尋找出一種潛藏的基本型態。」〔註7〕若把這種批評觀念用
在稼軒身上，可能就會把他大部分的詞作都解釋爲愛國之詞。試以一
首《祝英台近》爲例：

　　　　寶釵分，桃葉渡，煙柳暗南浦。怕上層樓，十日九風雨。
　　　　斷腸片片飛紅，都無人管。更誰勸啼鶯聲住。　鬢邊覷，
　　　　試把花卜歸期，才簪又重數。羅帳燈昏，哽咽夢中語。是
　　　　他春帶愁來，春歸何處，卻不解，帶將愁去。

詞中「寶釵」、「桃葉」皆女性形象，「羅帳」二句亦女性所居、女生
柔腸啼損之貌，加上結拍之傷情哀怨，實爲閨婦婉約情詞。唯一隱然
有家國情思者，乃過片「鬢邊覷」三句，然並不足以改變全詞抒情主

────────────

〔註6〕見《靈谿詞說》，頁 402。
〔註7〕見葉嘉瑩《中國詞學的現代觀》，頁 54～55。

調。如清代沈謙《塡詞雜說》云：「稼軒詞以激揚奮厲為工，至『寶釵分，桃葉渡』一曲，昵狎溫柔，魂銷意盡，詞人技倆，眞不可測。」即以情詞解之。但常州派張惠言則以為此乃諷政傷時之詞，言：「點點飛紅，傷君子之棄；流鶯，惡小人得志也。春帶愁來，其刺趙、張乎？」（《詞選》）其解說理念就頗有「作者意識批評」意味；但更深入分析，則其中卻另有詞學的傳統淵源和文化義蘊在，葉嘉瑩在《中國詞學的現代觀》書中，對張惠言的「比興說詞」，就從西方結構主義的符號學理論加以解釋：蓋張惠言乃由語碼的聯想軸在文學傳統（以屈騷芳草美人喻賢士君子之志操為主）和民族文化（如五倫中臣對君與妻對夫的地位、感情相似性的比擬）中的聯想作用而認為作者有隱藏之意。（見第一章第三節）此處張惠言對這首《祝英台近》的主旨解說，就是從「落花」、「流鶯」、「春愁春恨」等語碼，以作者意識為主（憂國傷時，政治不遇），由文學傳統中聯想（如屈騷云：「日月忽其不淹兮，春與秋其代序。惟草木之零落兮，恐美人之遲暮。」）而作的詮釋。然而詞人固然有時傷時悲志之情，卻不必然要流露於每首詞中，總有柔情之牽動、人情之相感時。稼軒和白石是南宋詞壇的代表人物，雖詞風迥異，但詞藝上皆有深厚的傳統繼承，善於運用詞學傳統的各種表現手法與題材形式，並融鑄創新，呈現豐富幽奇的內涵變化；尤其是稼軒這位兼豪放與婉約風格，而一生又大起大落的詞人，其人生感慨悲歡更加強烈，而形於詞中，在維持詞的要眇宜修之風格下，其敘寫的手法更加曲折多變，也常有比興寄託之作。但對其詞是否有「寄託」，乃應從詞作整體風格和意境情感來考量，如葉嘉瑩說的：「凡是確實有所託喻的作品，該是從其敘寫的口吻及表現的神情中，就直接可以感受體味得到。」〔註8〕簡言之，詞固然是種含蘊豐富而有解釋之彈性的體裁，但「一切詮釋都必須以文本中所蘊含的可能性為依據。」〔註9〕乃是解詞的基本原則。

〔註 8〕見《迦陵論詞叢稿》，頁46。
〔註 9〕同註7，頁43。

最後，關於第二點「文本之細讀」，這是西方「新批評學派」（New Criticism）對評說詩歌的基本形式，[註10]他們強調對作品文辭以細讀的方式，對其形象（Image）、色調（Tone Colour）、語法（Syntax）及用典、表情等皆作精密的觀察和分析，以揭示作品之各種內蘊。這種方式對我們求解詞作主旨是很有幫助的，能使我們更清楚詞的風格構成、感發力量之來源與造成聯想寄託的原因，如果對詞作能如此細緻分析，則對詞作主旨與作者思想情感的流露性質，就更能掌握無誤了。

第三節　詞作主旨之探索——傳統詞牌、詞題及現代分類的考量

在上節中評述了由「文本」探求詞作主旨的觀念和一些相關理論與例證的分析，而作為本研究中關於「詞作主旨探索」之理論的第一部分。事實上，前節論「文本」時僅集中在「詞作本文」部分的解說，對文本中另外的詞牌、詞題、詞序等與詞作內容有關的標題則尚未談到，而這些都是構成一首完整的詞的一部分，在它們身上也包含著作者寫作時的思想、情感、因緣或用意，對內容都有相當的影響力。所以本節將從文學傳統的角度來評估它們對內容或分類的意義與地位。另外還要對筆者所見的研究報告中關於辛棄疾與姜夔之詞作分類方式或理論做一個扼要的回顧與檢討，以作為本論文的參考。

壹、詞　調

一個完整的詞調應包含宮調、樂譜與詞譜（語文格律）等三部分。詞調意為詞之樂調、聲調，即表達一首詞在音樂上應該怎麼演奏、演唱（宮調和樂譜），以及文辭上要怎麼填寫（詞譜格律）等。就情感的表現而言，則詞調代表詞的聲情（另一部分則是詞文的文情），而此聲情又可細分為宮調聲情、樂調聲情與詞調聲情。

[註10]理論見註7，頁55、111。

　　宮調理論，簡單說就是西樂的 C 調、D 調等音樂調性，在中國過去是由七音（宮、商、角、變徵、徵、羽、變宮）與十二律呂（黃鐘、大呂、太簇、夾鐘、姑洗、中呂、蕤賓、林鐘、夷則、南呂、無射、應鐘）所結合而成的。最早有八十四宮調之說，後來應用漸少，到宋代詞樂只用七宮十二調，如張炎《詞源·卷上·十二律呂》云：「今雅俗只行七宮十二調，而角不預焉。」〔註11〕南渡後則剩六宮十一調，一直沿用到元曲中。因為詞調的詞樂部分，歌法早已不傳，樂譜唯留姜夔十七首自度曲的宋代簡字譜（案：即工尺譜之簡寫），藉張炎《詞源》等詞樂歌法的理論，今人已能大略翻出其音譜，但因無板眼記號，〔註12〕所以很難說是原樣，故宋詞樂譜與歌唱已難還原了。唯有宮調性質尚約略可知，因宋詞宮調被元曲沿用下來，在元人著作中曾多次論宮調之聲情，如陶宗儀《輟耕錄》、周德清《中原音韻》與楊朝英《陽春白雪》中載元人燕南芝庵《唱論》等，如《唱論》云：「大凡聲音，各應於律呂，分於六宮十一調，共計十七宮調。仙呂宮唱，清新綿邈。南呂宮唱，感歎傷悲。中呂宮唱，高下閃賺。黃鐘宮唱，富貴纏綿……」〔註13〕說明了各宮調的聲情，就如唱同一首歌，用 C 調和 D 調的情緒感覺就不同，因為不同的調，定音（主音）

〔註11〕八十四宮調，吳梅《詞學通論》，頁 23，謂是「以宮音乘十二律，各曰宮。以商、角、徵、羽、變宮、變徵乘十二律，名調。故宮有十二，調有七十二。」合起來就是八十四宮調，事實上此乃拘執之論，宮與其他六音性質皆同，為何一名宮，一名調。蔡德安《詞學新論》，頁 50 中亦沿吳梅之說。宮調實不可能有八十四種，故唐之燕樂剩二十八調，到北宋剩七宮十二調，南渡後又去高宮及正平調，遂餘六宮十一調，這些宮調就為元曲直接繼承。宮調、詞調音樂理論亦可參張夢機《詞律探原》第三章部分，與林明輝《宋姜夔詞樂之研究》。又「七宮十二調」是：黃鐘宮、仙呂宮、正宮、高宮、南呂宮、中呂宮、道宮、大石調、小石調、般涉調、歇指調、越調、仙呂調、中呂調、正平調、高平調、雙調、黃鐘羽調、商調。

〔註12〕見林明輝《宋姜夔詞樂之研究》，頁 15。

〔註13〕此聲情部分，參見王易《詞曲史·構律第六》，頁 266，及張夢機《詞律探原》，頁 184。

不同，故歌唱時旋律的音域高低就不同，在其高亢或低迴中自然予人不一樣的情緒感受，此即宮調之聲情也。若以宮調之「管色」理論爲喻，則同樣昆曲的曲笛，D 調笛和 G 調笛吹奏起來的情感就截然不同（以同一個曲子比較）。在宋詞中，每一宮調，各有管色，各有起聲、結聲（或云煞聲、殺聲）。管色即相當於西樂之定音，以限定樂器之音高，如笛子之 D 調與 G 調笛，或琵琶四弦一般以 ADEA 定音等。起聲、殺聲是指每個宮調運用在詞牌歌唱時之起韻（上片第一次用韻）與結韻（每片的末拍押韻字）之音高必有一定。〔註 14〕起結聲之音基本上要一樣，如工尺譜應用在宮調中時，商調是以「凡」字結聲，道宮是以「上」字結聲，以某字結聲即可謂之「某字調」，如王易《中國詞曲史》，頁 262 云：「又各有結聲，視其結聲，以定宮調之名。」故張炎云：「若結聲轉入別宮調，謂之走腔。」〔註 15〕

　　談過宋詞宮調的基本理論，我們再看辛棄疾、姜夔之詞的宮調。辛棄疾因未注宮調，故無能討論；而姜夔十七首自度曲因有旁譜，故自然標明宮調，所以可供我們參考。宋代詞人詞作標宮調者極少，大概只有張先、柳永、周邦彥和姜夔幾人，張歡山《舒藝室餘筆・白石道人歌曲校語》云：「宋人詞集存於今者，唯張子野、柳耆卿分著宮調。其旁譜者唯堯章此集有。」〔註 16〕

　　說完樂調、宮調，再來談詞調本身。首先談詞調名稱對內容的意義。早期詞調即詞題，即詞調名稱就是詞作內容，如《楊柳枝》爲詠柳，《江南好》寫江南美好的風光人情，《漁歌子》寫漁父生活等，故看詞牌就知內容，不必另求主旨。後來題詠日廣，所詠就不限於本題（詞牌），故有時另加題序以說明主旨緣由。然而到了姜夔手中，他擅長自度新曲，其名稱多因內容而立，儼然有恢復詞詠本題之「因事

〔註 14〕理論參見張炎《詞源》卷上《結聲正訛》、《詞曲史・構律第六》，頁262、姜夔《淒涼犯》詞序及《詞學新論》，頁 57。

〔註 15〕見《詞源・卷上・結聲正訛》。另姜夔稱結聲爲住字，而稱結聲轉入他調爲犯調，見《淒涼犯》詞序。

〔註 16〕轉引自葉慕蘭《柳永詞研究》，頁 35。

命名」的唐詞傳統（唐代新樂府之命題亦如此）。如《惜紅衣》詠荷，《一萼紅》、《暗香》、《疏影》、《玉梅令》、《鬲溪梅令》皆詠梅，《淡黃柳》、《淒涼犯》、《長亭怨慢》為詠柳邊花下之別離情景，《石湖仙》則壽范成大。凡此皆是因事制詞（調），詞牌名稱即明示了題詠之內容，所以是決定詞作內容及分類的重要參考。

其次談詞調之聲情對內容情思的作用。就創作上的詞調與內容感情的關係，可以楊守齋《作詞五要》為代表。他說：「第一要擇腔，腔不韻則勿作。第二要擇律，律不應月則不美。第三要填詞按譜。第四要隨律押韻。」所以，王易云：「宮、律、詞調、聲響、文、情皆屬一貫。就作者言：則本情以尋聲（樂調），因聲以擇調（詞牌），由調以配律（格律押韻）。就詞體言，則本律而立調，由調而定聲，以聲而見情。」〔註17〕把創作程序中詞調與文情配合的方法作了相當的闡釋。至於個別詞調，是否有先天的聲情，如《賀新郎》、《滿江紅》與《浣溪沙》、《菩薩蠻》之間，是否有曲調間本然不同的抒情風格呢？對此王易則以為：「蓋詞有剛柔二派，調亦如之；毗剛者，亢爽而雋快；毗柔者，芳悱而纏綿。賦情寓聲，自當求其表裏一致，不得乖反。若雨霖鈴、尉遲杯、還京樂、六醜、瑞龍吟、大酺、繞佛閣、暗香、疏影、國香慢等調，則沉冥凝咽，不適豪詞；六州歌頭、水龍吟、念奴嬌、賀新郎、摸魚兒、滿江紅、哨遍等調，則揮灑縱橫，不宜側艷。」〔註18〕這個概括，我認為在分析辛棄疾、姜夔之全部詞作，求具主旨，析其風格時作為對照檢覈，或許可能有更深入而精闢的結論。

上面所論與詞調相關之宮調、樂調、詞牌之聲情理論，在探析稼軒、白石詞作主旨時，具有重要的參考價值。

貳、詞題詞序

此處之詞題、詞序，其意涵是一樣的，即指詞作中，在詞牌之下

〔註17〕見《中國詞曲史・構律第六》，頁267。又楊守齋之論亦同見該頁。
〔註18〕同註17。

所標示的作詞相關之時地因緣之序言性質的「標題文字」。

　　因爲詞題是注明此詞寫作的時地動機、寫作形式或心情對象等，故對於詞作內容的判斷與分類有很重要的意義，一般研究中提出的：詠物詞、離情詞、懷古詞、節序詠懷詞等分類，亦皆直接根據詞題（序）而來。有的詞題在傳統的詩詞文學中已有長遠的淵源和發展，漸漸地當作者使用該詞題時，即含有一種特殊的創作意向與對內容的義涵喻示，所以對這類的詞題應特別注意。以下就從傳統的追溯中來評述各種詞題對詞作主旨的作用與分類上的地位。

一、節序詠懷與因景抒情

　　人俯仰於天地之間，奮鬥於人群社會中，隨日月草木而遷化，故於春秋代序，草木興榮，自然不能無感；況遊子他鄉，宦途羈旅，在節序風物中更易觸動其敏銳的心弦；故感於節序來去，覩於景物盛衰而抒懷，就成爲詞作中很重要的一種題材。這種因時、物而抒情的創作緣起，在《詩經》中就已經很多了，如《小雅·采薇》：「昔我往矣，楊柳依依；今我來思，雨雪霏霏，行道遲遲，載渴載飢。我心傷悲，莫知我哀。」即寫征人在雨雪綿綿、楊柳依依的春天，抒發羈旅征戍中光陰消逝而行役艱難的傷悲。在《楚辭》中，宋玉《九辨》一章，則是因秋風起思，描寫了窮苦文人在寒冷秋風中的哀愁，辭云：「悲哉秋之爲氣也，蕭瑟兮草木搖落而變衰，憭慄兮若在遠行。登山臨水兮送將歸。……坎廩兮貧士失職而志不平，廓落兮羈旅而無友生。」其才士不遇，在漂泊羈旅途中感秋傷懷的心情和抒寫形式，和《采薇》詩同樣具有「因節序風物而詠懷」的形式特徵和內涵共通性。這種具有代表性意義的文學式樣，在魏晉六朝的主要文學批評家手中亦加以肯定和闡揚。如西晉陸機《文賦》云：「遵四時以歎逝，瞻萬物而思紛，……游文章之林府，嘉麗藻之彬彬。慨投篇而援筆，聊宣之乎斯文。」就說明文學作品常是因時序變化、景物感懷而抒寫的。鍾嶸《詩品·序》亦云：「若乃春

風春鳥，秋月秋蟬，夏雲暑雨，冬月祁寒，斯四候之感諸詩者也。」梁代劉勰《文心雕龍・物色》篇中亦稱：「春秋代序，陰陽慘舒，物色之動，心亦搖焉。蓋陽氣萌而元駒步，陰律凝而丹鳥羞。微蟲猶或入感，四時之動物深矣。」他們的論述都一致指出節序與自然景物對情感的觸發與創作的刺激，更顯示這種題材形式的典型性。

這種以節序詠懷和因景抒情的形式，在詩題上，到了西晉就演成阮籍的《詠懷詩》，他那八十五首抒寫亂世中憂生畏讒與高蹈孤寂心境的《詠懷詩》，使「詠懷」正式成為一具有獨特抒情性意涵的詩題。到唐代，陳子昂、張九齡又發為「感遇」之作。子昂的三十九首《感遇詩》，抒發了政治、文學上的抱負才志；九齡則在十二首《感遇詩》中託喻了他在政治上高潔自守的情操；兩人詩內涵上是直接承繼阮籍詠懷詩的形式，但時代的英發，使其詩染上較奮揚欲為的色彩，而有志懷的展現。至於偉大的詩人杜甫，所作的《遣懷》（愁眼看霜露），《遣興》（干戈猶未定）等詩，則流露出安史亂後漂泊無寄的身世感傷，情調卻與姜夔的「天涯羈旅」之歲暮傷感相似。故由唐之「感遇」、「遣懷」到南宋辛棄疾、姜夔的節序之嘆，其形式內涵的線索是很緊密的，故應當重視這樣一個詞題。

由詩過渡到詞中，在晚唐、五代以至北宋早期，卻都缺乏這樣的一個「羈旅節序」的詞題，其原因是一方面早期的詞本就不在詞牌外另加詞題（序）的；另一個原因則是那個時代的詞是寫花前月下的兒女相思或酒宴歌席之離情別恨為主的，偶而有像馮延巳或晏殊那樣寫清淡的閒愁，如延巳的《蝶戀花》：「誰道閒情拋棄久，每到春來，惆悵還依舊。」晏殊的《浣溪沙》：「一曲新詞酒一杯，去年天氣舊亭台，夕陽西下幾時回。」但這些都太閒淡了，而不似之前那種「詠懷」、「感遇」、「遣懷」的嚴肅和深度，然而就形式與內容之觸發，亦是「節序詠懷」之流裔也。在同個時代最能表現那份「節序羈旅」之憂傷的，應是韋莊，其《菩薩蠻》五首正是一套這樣的組曲，如其二：「人人盡說江南好，遊人只合江南老。春水碧於

天，畫船聽雨眠。爐邊人似月，皓腕凝霜雪。未老莫還鄉，還鄉須斷腸。」其抒情之沈摯，感時寫物之優美與淒婉，正與稼軒、白石「節序詠懷、因景抒情」之詞有同樣的審美內涵與情意色彩，足以為此類詞題之內涵與風格的典型代表。

更成功地對這種詞題內容加以發展的作者是柳永，他的《八聲甘州》抒寫出深秋遊子羈旅他鄉、思家思妻的深情與愁懷，以其優美的抒情意象，為「羈旅節序」之詞樹立了成功的典範。

嗣後，在詞題形式上，為這類詞做了重要的發展與繼承的是周邦彥，他用題序直接把這種詞旨表達出來，如「悲秋」、「春閨」、「秋暮」、「春恨」等詞題字眼，已直接說明詞作的屬性，對分類亦有更明確的作用。

到了辛棄疾與姜夔手中就更充分地繼承這種詞題形式，發揮其在傳統中所積累的特殊意涵與藝術表現手法，廣泛地抒寫其因時序風物或羈旅所觸動的愛國感情、傷時之憂與自我的漂泊感懷，風格是多樣的，內容是豐富的，如稼軒的《滿江紅：中秋寄遠》（快上西樓）、《滿江紅：暮春》（可恨東君）與《摸魚兒》（更能消幾番風雨），皆感於時序而抒情寫恨。姜夔之作則如《玲瓏四犯：越中歲暮，聞簫鼓感懷》、《鷓鴣天：丁巳元日》（柏綠椒紅事事新）、《摸魚兒》（向秋來、漸疏班扇）等之抒懷身世與思憶情人，皆穠至深美。由總體創作而言，這類詞在二人詞作中幾乎都佔最多的份量，其表現的情意思想及運用的形式手法、意象類型皆極豐富而優美，是相當重要的一個詞類，所以在這節中用較多的筆墨敘述這個詞題的傳統淵源與發展。

二、詠物詞

《詩經》中多此興手法，常以大自然的物象或動植物起首或名篇，如《關雎》、《卷耳》、《黃鳥》等，但多只作為抒情的陪襯比喻。惟其摹寫物象，亦甚生動，故詠物之源可謂濫觴於此矣。第一位寫下

完整詠物作品者當屬屈原，其《橘頌》以對橘的描寫頌揚表達對高潔人格的嚮往，可謂樹立了「詠物」之體制與寫作精神的典範。

其後詠物之作，代有名篇，如曹植《白馬篇》、陳子昂《修竹篇》、杜甫《畫鷹》，皆能在寫物的同時表現自我思想與人格情操，非齊梁宮體詩之狹隘靡麗之詠物可比。這種詠物詩的優良傳統，自然給詞一個繼承模範。早期詠物詞很少，如《柳枝詞》、《竹枝詞》可算是代表，而整個晚唐五代的文人詞作中，「大概只有牛嶠的兩首『夢江南』。可以算是詠物之作。」〔註19〕這兩首詞，前首詠燕，後首詠鴛鴦，以大部分篇幅寫物，而在結拍方託出主人翁的感情——前首云：「堪羨好姻緣」，表現人對燕兒雙飛的羨慕，後首云：「全勝薄情郎」，則表現人因見鴛鴦雙宿而引發對薄情郎的怨思。這種詠物詞，雖用大段篇幅詠物，但主題的歸結是作者情意，物只是抒寫的媒介而已；就詞人內心情意發展過程言，近於「觸物起情」；若就抒寫的手法、題材形式與內涵情意的關係而言，則頗有借物言志抒情之意味，這種內涵傾向及表現方式，都成為兩宋詞人，包括稼軒、白石之先鋒了。

上面舉的詠物詞，在形式手法雖已相當成熟，但內涵情意卻頗狹窄，只是代女子抒發的愛情詞。真正使詠物詞不論在形式與內涵都充分發展的人是蘇軾，其《水龍吟》詠楊花，公認為北宋代表作，而其《卜算子》詠孤鴻，《虞美人》（定場賀老今何在）詠琵琶，則更有借物抒懷的感發。蘇軾之外，亦擅詠物的是周邦彥，其佳作如《蘭陵王：柳》、《六醜：薔薇謝後作》、《花犯：梅花》，情意傾向漂泊羈旅的情懷與人世的聚散別恨，風格典雅而鋪陳婉轉，形式技巧更加完美。這種詠物詞風，到南宋更被姜夔、吳文英等婉約派詞人所充分運用。在形式上姜夔沿襲了周邦彥的渾化典雅，情調空靈而深情，在份量上，則佔全部詞作四分之一，自然是一應注意的詞題。

〔註19〕見《靈谿詞說》，葉嘉瑩著，頁538。

至於稼軒，他亦經常採用此一形式，佔全部詞作約十分之一，他的手法是多樣的，內容更超越前人，已由蘇軾、周邦彥借物詠個人情懷跨入借物詠愛國之志了。由於詠物的形式本以婉約爲主，其抒寫手法乃「借物寄興」也，必以婉約比興爲佳，故稼軒之作，乃是在婉約的形式中表達了憂國愛民的志意；故對稼軒的詠物詞更要注意這種內容上的分化，其詞中有個人的情懷或借物賞景，也有關懷家國的熱情胸襟，在詞作主旨分析及分類時要辨別這種差異和所佔份量，並把其因素闡釋出來。

三、懷古詞

「懷古」和「詠史」是兩個內容質性很相近的文學命題。「詠史」的最早作品是班固的《詠史詩》，寫漢文帝時孝女緹縈爲贖父罪而請求沒身爲婢的故事。而懷古之作則唐代以後才較多，如李白《古風》五十九首、《夜泊牛諸懷古》、《越中覽古》、《經下邳圯橋懷張子房》，及盧照鄰《長安古意》、劉長卿《長沙過賈誼宅》、李商隱《安定城樓》、《齊宮詞》、《隋宮》等。「懷古」多爲登臨古跡，感懷古今人事興亡而抒寫，其情感指向乃以天下國家爲主；而詠史則就古人事跡而詠，不必皆寫興亡事，亦非必登臨之詞。即「詠史」是個更廣泛的詞題，大概可包括「懷古」，但不能包含「懷古」的「登臨題詠」之特質。蓋「懷古」意即「詠懷古蹟」也，杜甫所作《詠懷古跡》五首，就是箇中代表，於登臨中抒家國興亡之悲嘆，緬思古之賢哲，沈摯深刻，正與稼軒《永遇樂》、《漢宮春》之雄渾悲壯、憂念家國，同一脈胳也。以詞之體製言，本以抒情爲長，五代又流爲花間詞客的婉約艷情，故懷古之詞極少，如西蜀鹿虔扆《臨江仙》云：「金鎖重門荒苑靜，綺窗愁對秋空。翠華一去寂無蹤。玉樓歌吹，聲斷已隨風。　煙月不知人事改，夜闌還照深宮。藕花相向野塘中。暗傷亡國，清露泣香紅。」其感傷亡國，氣格蒼涼渾厚，在晚唐五代是一首極難得的懷古之作，與標名李白之《憶秦

娥》，堪爲雙璧，爲北宋以前，懷古詞之代表。到了宋代，第一位
創作優秀的懷古詞者是蘇軾，其《念奴嬌》（大江東去）氣格俊拔，
雄壯激越，在江山勝景、古代英雄的遺蹟中一吐人生盛衰無常、世
事如夢的悲慨，雖不以愛國的情感爲主，然吟咏之際，亦不禁令人
一唱三嘆，感動萬千。由此可知，懷古詞的內容情意也可包含個人
悲歡與家國感情二方面，這種形式適於豪傑壯士於登高臨遠中，思
昔懷賢而寫其雄放悲壯之襟懷，故到南宋後，就成爲豪放派的重要
詞題，而稼軒正是代表人物。其懷古詞，不管是青年時的《念奴嬌：
登建康賞心亭，呈史留守致道》（我來弔古）、《水龍吟：登建康賞
心亭》（楚天千里清秋）或晚年的《漢宮春：會稽蓬萊閣懷古》（秦
望山頭）、《永遇樂：京口北固亭懷古》（千古江山），皆蒼涼沈厚，
表現詞人慷慨悲壯的愛國之情，在其愛國詞中有很重要的地位，形
式藝術之成就亦高，所以對稼軒而言，這是一個重要的詞題類型。
至於姜夔，其具懷古形式且直接表現愛國情感的只有《揚州慢》與
《翠樓吟》二首，形式上的特色都是上片寫愛國之情，下片轉入個
人羈旅情愛之思，充分流露婉約派詞人的「多情」（柔情）特質，
其形式與風格亦值得注意，當然亦足爲一個詞題形式。

四、別情詞

指以離別爲寫作因緣，以別情愁緒爲主題的詞，這種形式和內涵，
在唐宋詞中一直很普遍，在稼軒與白石詞作中亦多，因其內涵特質與詞
題之明顯（多有詞題標示），故顯然自成一詞作類型。在本論文分析中
更發現，稼軒以詞題標示之別情詞，幾乎都是送朋友的。我們進一步分
析，則感情本有男女之愛情、有朋友之友情、有對家庭故里之情，其性
質各自不同。就詞史發展言，男女愛情詞，早已是傳統婉約詞的代表內
容，而友朋間的送行敘情之詞則要到北宋晚期，蘇軾以後才較多，南渡
後，豪放派詞人更常用這種詞題寫送友時的關懷鼓勵與愛國之情，如張
元幹《賀新郎：送胡邦衡待制赴新州》及《賀新郎：寄李伯紀丞相》等。

故討論別情詞的題材時，應把愛情性質的別情與友朋的情誼分開，將之劃入婉約愛情詞中，所以本論文詞作分類中，云「別情」者乃指友朋之情也。另外，朋友唱和之作，亦常流露濃厚的情誼，足為全篇主旨，就其情感屬性，亦與送別時所抒發的情誼相似，故應與送別詞合併，而以「友朋別離與題贈敘情詞」為分類標目來代表友朋之誼，更為貼切。

五、壽詞、賀詞

「祝壽」與「祝賀」亦是稼軒與白石詞作中明顯的內容類別，且必在序中標明。在東坡以前，詞以抒情為主，多寫個人閒愁與男女相思，絕無壽詞、賀詞之作，要到東坡以詩入詞，詞可以抒一己胸懷，可以論理、詠物，可以贈友、談禪，可以懷古、紀遊、思歸，幾乎無所不包，乃使詞內容領域大大擴展。但東坡亦無壽詞之作，這種詞題直到南宋才有，因南宋詞的應用範圍更大，常作為友朋酬唱之具，遂亦可以慶賀、祝壽，所謂「南宋有無謂之詞以應社」，說明了一般壽詞、賀詞不可免的庸俗虛矯。然而稼軒所作的壽詞卻別展姿態，經常借之抒寫了意氣飛揚的愛國豪情與抗金報國的志願，如《水調歌頭·壽趙漕介庵》云：「聞道清都帝所，要挽銀河仙浪，西北洗胡沙」之類，亢爽俊逸，志氣不凡，不因大人王公而諛揚獻媚，仍自保其慷慨風範，極值得推重。綜言之，「賀詞、壽詞」亦當視為一個詞類標題。

參、關於近人詞作分類的參酌

近人對稼軒與白石詞之研究甚多，其研究成果自然是本論文研究時的參考對象。關於宋詞的內容，從整體的考量來分類，並以豪放、婉約之風格含攝者，可以胡雲翼《宋詞研究》為代表。他對宋詞的內容、風格分類，大致如下：〔註20〕

1. 由作者分（詞人、非詞人）
2. 由作品分

〔註20〕見胡雲翼《宋詞研究》，頁63～65。

艷情、閨情詞 ⎫
鄉思、愁別詞 ⎬ 婉約類
悼亡、歎逝詞 ⎪
寫景、詠物詞 ⎭
祝頌詞
詠懷詞 ⎫ 豪放類
懷古詞 ⎭

全部類別包括婉約八類、豪放二類及祝頌詞，共十一類。其分類特色是標舉了各種類型的風格屬性，但每個類別之內容與風格構成的關係，及各類內容間的界線，都缺乏更深入的、理論性的說明，即僅有分類結論而無分類理論，研究上的意義就比較有限了。

此外，在許多稼軒與白石的研究或論文中，都會提出內容分類。舉例如下：

一、辛棄疾部分

1. 《蘇辛詞比較研究》，陳滿銘著。分類為：1. 懷古感遇之作，2. 倦遊思歸之作，3. 悼亡念遠之作，4. 敘事析理之作，5. 紀行寫景之作，6. 詠物題辭之作，7. 唱和酬贈之作，8. 其他。

2. 《稼軒詞縱橫談》，鄭臨川著。分類為：1. 撫時感事的愛國詞，2. 樸素清新的農村詞，3. 瀟灑卓犖的閒放詞，4. 穠纖綿密的愛情詞。

3. 《稼軒詞之內容及其藝術成就》，李承坯著。分類為：1. 抗金詞，2. 閑適詞，3. 農村詞，4. 愛情詞。

4. 《蘇辛豪放詞的形成及其成就研究》，李浚植著。分類為：1. 雄心壯志之作，2. 懷古詠史之作，3. 憤懣譴責之作（豪放詞部分）。

二、姜夔部分

1. 《姜白石詞編年箋校》，夏承燾著。分類為 1. 感慨國事、抒

寫身世之感，2. 山水紀游、節序詠懷，3. 交游酬贈，4. 懷念合肥妓女，5. 詠物之作。

2. 《南宋姜吳派詞之研究》，顏元佑著。分類依夏承燾氏。

3. 《周姜詞比較研究》，張秀容著。分類為：1. 憂愁感慨之作，2.節序詠懷之作，3. 紀行寫景之作，4. 交游酬贈之作，5. 寫情之作，6. 詠物之作。〔註21〕

以上略舉幾位學者與論文之作，以見一般對辛棄疾與姜夔詞作內容之分類。總體來看，都沒有一位學者對其分類方式作出理論說明，即傾向直觀性的、或一般看法的借用。因為在各種相關研究著作中，我一直未能借鑑詞作內涵分類的理論，及較完整理想的分類模式；然而面對著稼軒、白石二位風格不同之作家，及稼軒達六百多首的詞作，要得到一個比較有內涵的研究成績，勢必要對其整體的詞作有更通觀的分析理解，才能解剖出形式風格與內涵情感上的作用原理，評判出稼軒與白石內容與形式之成就特色。所以，把前人對分類理論之不足處加以深入、擴充，得到一個較合邏輯、又綱舉目張的分類理論與系統，是本章論述的目標所在。本節集中在詞題部分而引古述今，敘其流變，下節將藉由詞作內涵之「情、志」二方面衍生的思想情感的「人生範疇」，對「詞作主旨探索」與分類理論進行另一個層次的追尋。

第四節　詞作主旨之探索──詞作內涵的兩大範疇

關於這個主題，可分為下面幾個副題加以闡釋：

壹、詩歌本於人心靈之美

詩歌所抒寫的內容及其呈現的作用，不管是浪漫主義（Romanticism）、唯美主義（Astheticism）〔註22〕的「為藝術而藝術」，

〔註21〕以上各著作可參見參考書目。

〔註22〕今人涂公遂《文學概論》分析西方的浪漫主義是：「它反對法則、典型：輕視理性、科學與道德：主張發展個性、重視主觀的情感與體

以個人情感爲表現的中心也好，或現實主義（Realism）、社會主義
（Socialism）〔註23〕的「爲社會人生而藝術」，以文學反映人生，作
爲社會改革的工具也好，其必要的條件，都是一個「美」字。文藝是
美學範疇的一部分，是不能離開「審美」的質素而存在的；此「美」，
既是「形式感官」之美，亦是「道德心靈」之美，而其來源，則本於
人「心靈」之「美感生命」。〔註24〕蓋人貴爲萬物之靈，爲天地萬物
之主宰，所以異於草木禽獸而足以贊天地之化育者，就在這天生賦有
的靈性，這是人生命中所獨有的，它具體的內涵就是一種「聰慧的智
性」和「清明的德性」，因爲它，使人能超越一般動物的慾望與感情
之上，而時時反思，了解與珍惜自己，樹立標桿，在人生旅途中下學
上達，成賢成聖，達到智慧之通徹與道德之圓滿，而成就了完美的人
生──即「美感生命」也；同時，也在這過程中，仁民愛物，裨益了
身處的大世界。

在中國傳統文化中，很早就體悟到人心靈中美好的生命本質，並
加以闡揚，即孔子所云：「人者，仁也」、「仁者愛人」與「君子仁民
而愛物」的思想精神與人生理念。文學藝術的本源既然在人的美好心

富的想像力；……所以強調文藝自由，以文藝美術爲人性最高尚的
目的。」（頁205）又說唯美派（主義）「是浪漫派的極端發展的一種
詩派。它反抗近代的功利的唯物的思想，反抗文學散文發展的趨向，
主張純然的「爲藝術而藝術」，避去俗眾的生活，隱在所謂「藝術之
宮」或「象牙之塔」裡，以追求美的詩境。」（頁213～214），可見
此派以自我表現，以美爲中心的文學觀。

〔註23〕現實主義的創作精神強調文藝創作是爲社會、爲人民服務，是要反
映整個時代政治興衰，而發揮「補察時政」的功能，可以說是中國
文學傳統的重心所在，所謂「唯歌生民病，願得天子知。」（白居易
《寄唐生詩》）而杜甫之詩稱爲「詩史」，爲中國文學史上一位極偉
大的詩人，其重要的因素正在此「現實主義詩歌」之創作精神的發
揮。（參劉大杰《中國文學發展史》，頁491）

〔註24〕李元洛《詩美學》云：「美感是美的反映。」（頁381）此「美」具存
於「審美客體」之中，唯雖外有春花秋月之美，若無一份能體會萬
物之美並將之以藝術形式表現出來的心靈，則又如何產生文藝之
「美」呢？

靈，於是在中國文學傳統上，遂自然走向從道德倫理、社會人生的意義來批評文學，規範文學，這就是《詩經》「采詩以觀政」（國風）的意義，及漢代詩家對《詩經》之解釋充滿政治與道德意味的原因（如「六義」及「詩言志」等理論）。

貳、「詩言志」的眞諦

　　《詩·大序》云：「詩者，志之所之也。在心爲志，發言爲詩。情動於中而形於言，言之不足，故嗟嘆之；嗟嘆之不足，故詠歌之；詠歌之不足，不知手而舞之，足而蹈之也。」揭示出「詩言志」的文學觀，強調文學的道德人生意義，對中國的後代文學實影響深遠。如唐代古文運動重要人物柳冕在《與徐給事論文書》中說：「文章本於教化，形於治亂，繫於國風。……易云：觀乎人文以化成天下，此君子之文也。」而韓愈亦云：「行之乎仁義之途，遊之乎詩書之源，無迷其途，無絕其源，終吾身而已矣。」（《答李翊書》）都強調文章以聖賢爲則及社會教化功能的理念。而針對詩歌，白居易在《新樂府序》中說：「其辭質爲徑，欲見之者易喻也。……總而言之，爲君爲臣爲民爲物而作，不爲文而作。」即「詩歌合爲事而作」也，強調以詩歌爲社會改革工具的文學觀。

　　「詩言志」的觀念事實上早已見於孔子（《論語》），如「誦詩三百，授之以政，不達；使於西方，不能專對，雖多，亦奚以爲。」（《子路篇》）及「小子何莫學乎詩。詩可以興，可以觀，可以群，可以怨，邇之事父，遠之事君，多識於鳥獸草木之名」（《陽貨篇》）之義也。在這種現實主義的文學觀下，傳統對詩歌乃強調要以國家興衰、民生苦樂爲題材。

　　但所謂「詩言志」的涵義實不盡此。蓋一切文學之創作，甚至連非文學性的「章、奏、表、議」，都不可能沒有感情的因素，所以《詩序》在「在心爲志，發言爲詩」之後所說的話，就給了我們一個很好的啓發，他說「情動於中而形於言」，此語顯然意謂詩歌的創作是由

情感的觸動而引發的，既然如此，則感情、情緒亦必流露在文辭中，而為詩歌之一要素。試以《詩經》而論，「十五國風」多為「男女相與詠歌，各言其情也。」（朱熹《詩集傳》）固不待言，就如《小雅·南有嘉魚》之類寫君臣讌樂，《魯頌·唯天之命》寫文王承天命而興，亦充滿對君王、祖先的感情。所以說，《詩·大序》的「詩言志」理論，在漢代以後已被由政教角度加以理解，而認為詩歌是要「寫志」，而不是「言情」；然而事實上，由我們的分析知，詩歌的內涵是「情志兼融」的，言志之詩亦包含情感的成分。

參、由「詩言志」到詞之感發

關於詩歌的創作目的，如前所述，可以很功利實用的，也可以純藝術性、唯美的；然不管是側重作品本身的個性、藝術性，或強調其社會作用，文學作品的內涵核心仍在於人的思想感情、苦樂與悲歡。而其中更大的意義，即文學的價值，亦不在於真實地描寫了多少人生的情感苦樂，而是在於其文辭題材中所寄寓和表現的一種具有超越性、理想性的，而足以令人感動觸發而得到成長啟示的質素，正是葉嘉瑩所說的：「本來就詩歌之創作言之，在中國之傳統中，固一向以言志抒情為主，故首重內心之感發。……『感發作用實為詩歌的主要生命之所在。』」〔註25〕這種充滿感發力量的生命內涵，乃是作者心靈中的智慧與道德之美的融和與昇華，不管是作者或讀者，都是透過文學，給心靈打開一扇窗子，啟示一種超越平庸現實的美感和理想境界，這是文學之為美學的真正價值和意義，也是《詩·大序》云：「詩者，志之所之也」的真正義涵。因為人心中本具有卓越的天賦性靈美質，此美質在人生的奮鬥中，在一切的艱難淬煉與反思省察中，它自會綻放一股明亮的光芒，一種生命向上的熱力，足以點亮人生之路，足以激勵人邁步向前，這就是「志之所之也」的展現。所以，「人心所之」既是一高尚理想的境界與成就，則其內容自然不是狹義地特指某種社會

〔註25〕見葉嘉瑩《靈谿詞說》，頁 403。

的題材或個人的道德規範，而是生命中更開闊的美好意境。詩歌中要啟示人的即是這種美好的「審美境界」，它既是形式，也是內容的；具體來說，當然是兼含情感與思想的；稱「志」者，只是標顯那是心靈中的一份向上的力量和方向，而它就是構成詞之感發生命的根源。

肆、由情志的內涵到詞作的兩大世界

「情」與「志」中，「情」是感情，已無疑問，而「志」者，由前所敘，乃是存於心中的高尚內涵與人生目標的指向性，它是一種成熟的、淬煉過的精神產物，對每個人而言，各有不同，是不能狹義地確指的。就內心而言，比較原始而自然的成素，應是「情」與「意」，即情感與意念、心意也，這是普遍存在每個人心中的。當意念與感情互相催化，且受人類的理性、智性予以提昇改造時，才會形成思想。由思想的深淺厚薄，就足以衡量一個人的精神內涵之高下，因為萬物皆有情，唯思想是人獨有的，文學為人特有的美學創造，就是一種對內在精神世界所做的美的思想性的表現。

情與意的內涵，自個人的生命中仔細分析，則情有男女愛情、家庭親情、友朋之情、鄉土之情及國家民族之情等等差異，而意則為意識、意念，是無處不在的。當意在情感中，則為「情意」，如男女的愛情，它在表現上是以含蓄為主的；若意與志相合，就是「志意」或「意志」，它直接指向個人的理想，或對外在人生、國家社會的抱負，在表現上它也會較發露，因為它是一份待實踐的具體目標，是可以奮鬥而達成的。故綜言之，我們會發現，「情、志」或「情感、意志（思想）」，在個人生命中的涵義，依其包含的世界大小，可以分成二個範疇：即「以個人為主的世界」和「以自己之外的廣大世界為主的世界」。自己為主的世界，即個人的情感悲歡——如愛情、親情、友情，和人生的際遇得失，身心的安置滿足——如山水田園之樂、隱逸高蹈的嚮慕或人生觀的表達等。至於自己之外的世界，則感情上不以一己為慮，充滿對人群、社會的愛心關懷，對國家、民族文化的熱愛，進而

有貢獻國家、保衛國土的理想志願等。這種個體精神世界的兩面化，是種很普遍而真實的現象，如大陸學者孫立也說：「本來人的精神世界有社會化與個體化的雙向發展，而個體精神生活，情愛也可謂是最重要的內容之一。」〔註26〕其論與本文相符。而此兩面的情思內涵，經由藝術的表現而成為詞作時，自然亦呈現內容的雙向化──即個人與社會國家。以個人和社會國家相比，顯然是微小的，所以我們也可稱前者為「小我」，後者為「大我」。

故詞作依情志內涵的廣狹、人群世界的範圍，就可以分為「小我」與「大我」兩個範疇。小我之內涵主題，都是以個人為中心，所關切、所抒寫者在我，而投射於外者，不在男女友朋情感上，就在物事風景的賞愛中，不以社會國家為情感意志的中心，常見的如愛情的抒寫、羈旅中的身世感懷、詠物寫景或山水紀游之作，還有曠達超遠的思想境界、隱居田園的安適心境等。從溫庭筠花間詞至北宋詞，都是以這種小我範疇的「情愛」主題為主的，在風格上呈現婉約唯美的特質。

至於大我的內涵，則屬於對社會國家的理想情志，它不以個人為慮，寄個人價值的完成於對大我的奉獻奮鬥中，這種思想內容在南宋愛國豪放派詞人的詞作中表現得最燦爛熱烈，在詞中他們抒寫了報國殺敵的激慨，抗金復國的壯志，也抒發了對政治腐敗、國家危弱的憂念，精神渾厚，氣勢豪放而蒼涼，辛棄疾正是箇中代表人物。

在詞的發展上，由第一章的分析知道，原本詞內容在豐富的音樂生命基礎上，是廣闊而深厚的，題材幾乎無所不包，正如《敦煌曲子詞集》所展現者。然而經由溫庭筠到西蜀花間詞客的「綺筵公子、繡幌佳人」之濃情蜜意、按檀輕歌中，使詞走向以愛情、女性為中心的唯美情作，則其內容乃是小我中更小的一面。唯以溫庭筠為主的晚唐五代詞人，卻以其美麗的文辭、動人的意象和深摯的情感，建立了詞的風格傳統，深深影響後代，如《四庫全書總目提要》所云：「詞自晚

〔註26〕見孫立《詞的審美特性》，頁70。

唐五代以來，以清切婉麗爲宗。」此「清切婉麗」，即由於詞以寫柔情、閒情爲主所呈現的風格。對此，陳廷焯亦分析說：「情有所感，不能無所寄，意有所鬱，不能無所洩。古之爲詞者，自抒其性情，所以悅己也。」（《白雨齋詞話》）對此論，孫立解釋說：「乃明顯意識到，詞主要是以自我內在感情爲主要的創作成分，這也精確地揭示了詞之言情的個性特徵。」〔註 27〕故知傳統詞作中，是以對自我的關切、小我的抒情寫意爲中心的，這也是「詞緣情」及「詩莊詞媚」之說的成因。

　　詞的緣情說，到東坡手中才被打破，東坡以詩入詞，以詩人身份、態度寫詞，使詞除言情外，還能寫志抒懷，從個人情感志意的抒寫中跨入到對大我社會的抱負理想，如其《江城子：密州出獵》云：「會挽雕弓如滿月，西北望，射天狼。」表現了滅敵衛國的雄心抱負，實爲五代北宋以來詞中少見的境界。而辛棄疾在詞中的慷慨勁切，更是承繼了南渡時期的愛國詞人如李綱、趙鼎、張元幹、張孝祥等的愛國主義創作路線，並結合傳統詞作的優美風格、藝術手法來寫出對大我國家人民的遠大抱負和深情熱愛，展現雄偉深厚的精神生命。

　　當然，稼軒詞中也有許多是以個人生活、情懷或悲歡爲主的，特別是他受誣陷，三度退隱田園達二十餘年，必然有很多田園風光、旅遊寫景、閒居自適或消沈愁寥的詞，這些大都是「小我」的，因其抒寫的重點只在個人的愁煩心情或對世俗的不滿，而不是以對社會國家的抱負志意或憂念關切爲主體而表現，所以從「詞作內容傾向的評估爲主」的解詞角度來說，仍應視爲「小我」的題材。

　　至於姜夔，身爲南宋婉約派的主要作家，其詞作充分顯示「花間詞」傳統的特色——以個人情懷及愛情的描寫爲主，呈現明顯的「小我」範疇傾向。其詞作中較強烈地表現愛國憂時之感情者，如《揚州慢》、《翠樓吟》等，不過二、三首，其餘約八十首，皆以個人情思悲歡爲範圍，雖然亦時時滲透了時代的影子，但並未轉化爲自己對時代

〔註 27〕同註 26，頁 22。

社會的關切與抱負，所以仍是一種以「小我」為中心的詞作。

　　本節以上所述，是從「詩言志」與「詞緣情」的詩歌傳統及「情志」與「思想、情感」等作者精神構成質素的分析中，批判出詞作所包含的世界應是可區分為「小我個人」與「大我社會國家」兩個範疇，並以此理論作為對辛棄疾與姜夔的詞作內容分類的輔助。

第五節　詞作主旨之探索──在詞作中評估主旨的幾個原則

　　在前面幾節中已從基本的研究理念之引導中，陳述了關於詞作主旨探索的各種考量方式、近代現代的文學批評方法及從詞體形式之衍變中發展出的傳統，對於本論文的研究方法已有相當程度的表達。在此以更具體的方式，將研究過程中解讀詞作時所發現的一些通象或法則，加以歸納說明；亦即直接從對詞作內容題材、文辭之分析的角度，來陳述一些評定主旨時應考量的原則。

壹、主旨未必是內容中佔份量最多的題材

　　一首詞的內容主旨判定，並非單從內容中敘述該類事情、人物或感情的文字之字數比率來判定的；因為本來素材或題材就不等於主旨，它們可能只是作者運用的手段，表現情意的媒介；而且文學，特別是詞，乃是一種高度藝術化的語言，講求含蓄，重視融化渾成，所謂「詞家意欲層深，語欲渾成」（清‧王又華《古今詞論》引毛稚黃詞論）〔註28〕所以詞作中某事類字面出現的多寡，不能作為判斷主旨的根據，僅能作為參考。如稼軒的一首《朝中措：為人壽》（卷五，頁488）〔註29〕詞云：

　　　年年黃菊豔秋風，更有拒霜紅。黃似舊時宮額，紅如此日

〔註28〕見《唐宋詞百科大辭典》，頁836。
〔註29〕此（卷五，頁488），指該詞在鄧廣銘《稼軒詞編年箋注》中的卷次及頁次，以下凡引稼軒詞者標注方式皆同之。必要時則只標頁次。

芳容。　青青未老，尊前要看，兒輩平戎。試釀西江爲壽，
西江綠水無窮。

整首詞大部份的篇幅是寫賀壽之意，只有過片突兀地唱出「青青未老，
尊前要看，兒輩平戎」的抗金復國志願，玩其詞意，必爲隱退時期所作，
因其用謝安抗符堅而於淝水大勝事，謝安自己不出，而遣兒姪輩謝石、
謝玄等出戰，故云「兒輩大破賊」也。以稼軒壯年在北方的英勇戰鬥事
跡，及南渡後累上《美芹十論》、《九議》等北伐抗金計劃，知他是位能
率軍征戰的將才也，故此處云「兒輩」，而不云自己，可知爲罷官退隱
矣；唯抗金復國是他時時不忘的心願，且此時「青青未老」，尚大有可
爲，其心是樂觀的，故藉此爲人賀壽的場合，一抒報國之志願，則以此
家國之大業，衡諸尋常人等之生日祝賀，其輕重懸殊立判：即文章主旨
必非此應酬之語，而貴在其高潔之志也，故當視之爲「愛國豪放詞」也。

貳、主旨未必是顯而易見的

有些詞的主旨是開始就點明了，後面的陳述都是在爲此主旨作說
明和襯托，如周邦彥《解連環》詞云：「怨懷無托。嗟情人斷絕，信
音遼邈。縱妙手，能解連環，似風散雨收，霧輕雲薄。燕子樓空，暗
塵鎖、一床弦索。想移根換葉，盡是舊時，手種紅藥。」（上片）此
首乃是寫一個「負心女子痴心漢」的愛情悲劇，由男子口吻寫出滿懷
痴情，難忘難訴的悵惘苦楚。主旨在起頭「怨懷無托。嗟情人斷絕，
信音遼邈。」就作了明白的陳述，後面所寫，包括下片「水驛春回，
望寄我，江南梅萼，拼今生，對花對酒，爲伊淚落。」等憑空的想望，
都是基於這種「情人遠離，感情成空」的怨懷寂寞，這首詞就表現了
主旨的明白化及主旨題材間的密切吻合。

但有時候詞的主旨就不是如此顯而易見了，它是隱藏在字句後面
的，或者常常作者先從外界的事物、情景的描繪中逐漸接近主旨。稼
軒有一首《清平樂：獨宿博山王氏庵》，是隱居帶湖時作的，就表現
一種從曲折隱微的情境描寫中吐露胸懷的風格，詞云：

遶床飢鼠，蝙蝠翻燈舞。屋上松風吹急雨，破紙窗間自語。

　　平生塞北江南，歸來華髮蒼顏。布被秋宵夢覺，眼前萬里江山。

詞在上片中極力描繪著詞人獨宿山中破庵的情景：老鼠在床邊爬來爬去，蝙蝠肆意繞燈飛舞，構成屋內一種相當恐怖駭人的景象；而屋外風雨不停，急雨狂風吹得松枝呼嘯，好像有人在殘破的紙窗邊不停地說話；在這種深山破庵裏，如此景象，單獨一人，實在可怕。讀到這裡，可能會以為詞人是在寫一次獨自旅遊時投宿山中的情景，但事實卻不然，過片二句已由身外世界回到內心情感回憶中——詞人身處如此荒寥殘冷，又風雨淒狂的情境，內心卻毫無所懼，一片寧靜，由此可見詞人勇毅剛正的氣質；且詞人還開始回首自己過去的人生，他想起在北方與金人戰鬥的往事，也想起南來後飄泊宦旅的一切，及如今閒置山林，鬢已星星矣的淒然。這一切泄沓而至的回憶與感懷遂強烈地刺激詞人，使他心裏激湧著一切經歷的悲歡離合、理想、志願、奮鬥與挫折；詞寫到「歸來華髮蒼顏」時，悽愴的情緒已翻湧在心頭，讀者讀到這兒，亦深深感到其文字中含蓄的複雜激湧的的情緒，即詞的內涵已不僅止於前面寫的自然景象，然而這意緒的變化是逐漸而來，有所醞釀、喻示而逐步轉化加深的，並非遽然可觀，即為一種曲折推進的手法。就當此情緒感慨積鬱到不能容受的邊緣時，詞人情感忽然一拋，如天女散花，漫眼而來，恰如嬌陽一照，收盡煙靄，眼前秋宵夢覺後，豁然一現萬里無邊的美麗世界——正是詞人心中美好的祖國河山，沒有胡塵腥羶的光明世界，這豈非詞人日日夜夜的理想與期盼。所以託諸心眼所見的大好河山，吐露的乃是詞人忠國愛民的高尚情操，與抗敵衛國的志願，故此詞純然是首愛國豪放詞，乃是藉著外界景物的襯托與情境的激盪而逐漸逼出的衷心志懷，其主題非一眼可見，要細細體味，察其情境，才能真切地了解。

　　這種善於鋪陳——從背景的時空情境中逐步進展推演而表現內心深處之衷懷感慨者，實充分顯示了「委婉盡情」與「沈鬱頓挫」的詞

之風格特質，如陳廷焯所云：「所謂興者，意在筆先，神餘言外，極虛極活，極沈極鬱，若遠若近，可喻不可喻，反覆纏綿，都歸忠厚。」（《白雨齋詞話》）以稼軒此《清平樂》而言，實有此種特質，故解讀時，亦必須細緻地體味。單從思緒、情感的呈現手法來看，這種轉折之筆，正是清・沈祥龍所說的：「詞之妙，在透過，在翻轉，在折進」（《論詞隨筆》）的意思。這種風格及表現手法，當內心有較深的感慨時常會用到的。以下另舉一首李清照南渡後的作品——《添字采桑子》為例：

> 窗前誰種芭蕉樹，陰滿中庭，陰滿中庭，葉葉心心，舒卷有餘情。　傷心枕上三更雨，點滴霖霪，點滴霖霪，愁損北人，不慣起來聽。

詞的上片描寫窗外庭園中的芭蕉樹，狀其濃蔭與葉心舒卷之姿態，以寫景為主，感情的流露是很輕微淡雅的。但下片情調卻突然一變，「傷心枕上三更雨」等句，寫出清照以一孤苦無依的北人逃難到南方，在夫喪家亡的傷心涕淚、徹夜難眠的苦楚中，又被夜半雨打芭蕉的聲音煩擾，更添愁緒，不堪再臥，因而坐起聽雨聲的情景；其心其境，何其淒涼、可憐，詞人雖未再訴聽雨的思緒，然其中的愁懷已不忍言。故詞之下片讀來彷彿見到悲情、愁影與冷漠的夜雨芭蕉交映眼前，充滿淒愴孤冷的飄零感傷與愁悵，與上片情調是截然不同的，而這正是主題所在。故像這種寫作方式，其主旨的呈現，是先從相關的事件或身處的環境著筆，逐漸舖陳蘊釀而後託付衷曲；若從情景的結構關係來看，這就是種「先景後情」的安排手段。以意旨表達的明晰度而言，這首詞比起前面稼軒《清平樂》詞，要明白純粹得多；因稼軒詞中，所感所苦者，不只一己之際遇，還有國家之大業，其內心又深受沮厄，故表達的方式更加曲隱而複雜。

參

詞作中有時那更重、更深刻的思想主題是寄寓在另一種作詞的因緣（如逢節日或送別朋友抒懷）或詞題外表（如詠花、賀壽）之中，

故對主旨之判定是不能遽以詞題、序言或部分內容題材而決定的，須仔細地抽繹整首詞的抒情風格，遣詞用典中的深意方可。譬如稼軒有很多送行朋友之作，其內容感情都不是局限於此離別愁緒上，所謂「衰草斜陽三萬頃，不算飄零，天外孤鴻影。」〔註30〕雖獨行關山，又何須多言感傷。他乃是從更宏大的人生境界與思想高度去對朋友和自己以恢復家園之大業相勉：「莫貪風月臥江湖，道日近，長安路遠」（《鵲橋仙》，卷二，頁 170）故在此別詞中已注入對大我家國的襟抱志意，不再以小我兒女感傷為念。又如《滿江紅：送湯朝美司諫自便歸金壇》（卷二，頁 116）云：

> 瘴雨蠻煙，十年夢，尊前休說。春正好，故園桃李，待君花發。兒女燈前和淚拜，雞豚社裏歸時節。看依然，舌在齒牙牢，心如鐵。　活國手，封侯骨。騰汗漫，排閶闔。待十分做了，詩書勳業。當日念君歸去好，而今卻恨中年別。笑江頭、明月更多情，今宵缺。

首韻「尊前休說」，安慰湯朝美忘掉受貶謫的傷痛，就當作一場夢吧，顯出友朋深切的關懷，以下更以歸家之歡樂開其心情，然歇拍云：「看依然，舌在齒牙牢，心如鐵。」則表面雖寫湯氏外表尚健，但語句中分明另有一種感發之意蘊──這不只是說湯朝美，更是說自己，仍然一身硬骨頭，依舊心志堅決不改，這就是稼軒的人格、氣概也，隨時皆可流露。故知此歇拍是全首的感情轉捩處，其提示之意實較前面重要，所謂：「結有數法，或拍合，或宕開，或醒明本旨，或轉出別意，或就眼前指點，或于題外借形。」（沈祥龍《論詞隨筆》）此處則應既是轉出別意（就前面的別情而言），亦是醒明本旨──即過片連疊如貫珠而下的短句：「活國手，封侯骨。騰汗漫，排閶闔。待十分做了，詩書勳業。」此豪邁之語，報國之志，即全首主旨也。周濟《介存齋論詞雜著》云：「吞吐之妙，全在換頭煞尾。古人名換頭為過變，或藕斷絲連，或異軍突起，皆須令讀者耳目振動，方成佳製。」衡諸此

詞，非此之謂乎？此過片數語之氣勢與內涵正是稼軒精神抱負與詞風格調之代表，如《四庫全書總目提要‧稼軒詞》所云：「其詞慷慨縱橫，有不可一世之慨，於倚聲家爲變調。而異軍突起，能於剪紅刻翠之外，屹然別立一宗，迄今不廢。」豈特不廢耳！正乃「爾曹身與名俱滅，不廢江河萬古流」也。彼花間詞客之浸淫於「醉時想得縱風流，羅帳香幃鴛寢。」與「蘭麝細香聞喘息，綺羅纖縷見肌膚」之色情者，若立於「娥眉伐性休說」之愛國詞人面前，能不羞赧自恨乎？故從思想精神的高度我們不難評判出詞人詞作之思想宗旨所在，又何必爲一詞題所限，而不見詞人之深心遠志！

　　另外在前面提到的《鵲橋仙》詞云：「小窗風雨，從今便憶，中夜笑談清軟。啼鴉衰柳自無聊，更管得、離人腸斷。　詩書事業，青氈猶在，頭上貂蟬會見。莫貪風月臥江湖，道日近、長安路遠。」整個下片亦在表現男兒對國家社會的責任與共同奮鬥的期勉，在精神內容上都是遠超越離情愁緒之上，如此將詞之意義投入人生更廣大的天空，爲詞的創作展現出另一番壯偉的境界和骨梗的氣節，這是豪放派愛國詞人一大特色和重要成就。故對豪放派詞作的思想內涵的評估上，我們必須站在思想的高度上去體會。

肆

　　有時一首詞中，大部分內容都屬於某一題材或表現某一思想，但可能也有少數一、二語是另個範疇的思想情感，而且頗具重要性，如稼軒之愛國情操，則此時我們應評估此別旨在整首詞中的抒情強度是否足以超越其他的大部分內容，如果它沒有那種「一箭千鈞」、「獨佔鰲頭」的氣勢力量時，則基本上對篇章之主旨，還是以其他的多數爲優先。如這道送別之詞《好事近》（卷五，頁491）：

　　　和淚唱陽關，依舊字嬌聲穩。回首長安何處，怕行人歸晚。

　　　　垂陽折盡只啼鴉，把離愁勾引。卻笑遠山無數，被行雲低損。

整首詞有大半都單純抒離別之傷感，唯歇拍「回首長安何處」，則顯然有份對君國的思懷，是屬於愛國的範疇，與全章其他的「小我」友朋別離情緒是不同的，對稼軒而云，意義尤甚。然而一方面它是以委婉曲隱的情語表現，不見壯闊之氣；另一方面，其他離情之語造成的氣氛和抒情情調，顯然壓過「長安」句，所以此詞主旨仍應視為以小我個人為範圍的「友情別離詞」。

又如稼軒的一首壽詞，《水調歌頭：鞏采若壽》（卷七，頁 552）云：

泰嶽倚空碧，汶□卷雲寒。萃茲山水奇秀，列宿下人寰。
八世家傳素業，一舉手攀丹桂，倚約笑談間。賓幕佐儲副，
和氣滿長安。　分虎符，來近旬，自金鑾。政平訟簡無事，
酒社與詩壇。會看沙隄歸去，應使神京再復，款曲問家山。
玉佩揖空闊，碧霧翳蒼鸞。

此賀詞，一方面盛讚鞏采若的家風才學，又肯定他在長安佐治朝政，使「和氣滿長安」，才望皆高，足為「酒社與詩壇」主，一直寫到結句「玉佩揖空闊，碧霧翳蒼鸞」，文字大都是以賀壽為中心的頌揚語，惟下片「應使神京再復，款曲問家山」二句，吐露但願光復中原的期望，是愛國的思想。但因其所佔篇幅太少，且不足以左右通篇的抒情主調，故全篇主旨仍視為以小我為範圍的賀壽詞。

至於姜夔之作，亦可舉一首為例，如《淡黃柳》：

空城曉角，吹入垂楊陌。馬上單衣寒惻惻。看盡鵝黃嫩綠，
都是江南舊相識。　正岑寂，明朝又寒食。強攜酒，小橋宅。
怕梨花落盡成秋色。燕燕飛來，問春何在，唯有池塘自碧。

此詞序言中云客居合肥，見柳色依依，作此「以抒客懷」，故詞序中已暗示此應為客遊羈旅之作。由內容觀之，亦大多如此，唯「強攜酒，小橋宅。怕梨花落盡成秋色」三句，頗有情事之暗示與恐佳人遲暮、相聚無緣的憂傷。關於「小橋」，白石另有《解連環》詞云：「為大喬能撥春風，小喬妙移箏，雁嗁秋水。」一般皆認為大、小喬是白石合肥相戀的倆姐妹，即「桃根桃葉」也，故此詞「小橋宅」，夏承燾即

以爲「此小橋蓋謂合肥情侶也。」〔註31〕觀其辭情，又合以時地，必
不能無情愛之思，否則結拍亦不必發「燕燕飛來，問春何在，唯有池
塘自碧」的愁黯悵惘。唯此愛情部分的抒寫既相當幽微含蓄，在筆墨
份量上又不足以勝過那明白託出的羈懷客愁，且序又已明標詞旨（當
然，序言並不一定可信），所以仍應以「節序詠懷、因景抒情」之作
視之，而不歸入愛情題材中。

　　在稼軒詞作中我們尚可舉一首以農村生活爲題材的詞爲例，《鷓
鴣天》（卷五，頁 472）：

　　　　陌上柔桑破嫩芽，東鄰蠶種已生些。平岡細草鳴黃犢，斜
　　　　日寒林點暮鴉。　　山遠近，路橫斜，青旗沽酒有人家。城
　　　　中桃李愁風雨，春在溪頭薺菜花。

這首詞很形象生動地描寫了鄉村的春景：桑樹發嫩芽，養蠶人家也孵
出了幼蠶，山岡間小黃牛在嫩草上鳴叫，黃昏時夕陽餘暉由樹梢透過
來，映著點點的歸鴉，是何等和諧優美的景致，正充分繪出了詞人所
居住的上饒帶湖一帶的美麗風光。處此春光美景之中，怎不令人心情
怡蕩呢！於是看到遠處山邊路頭有掛青旗賣酒的小店時，遂引起詞人
酒興。結拍二句，詞人以聯想與對比的手法，表現了鄉村之清靈美好，
春光無處不在的安適滿足，側面地反映出城市中的紛擾多愁。由整首
詞的景致意象和抒情情緒看，無疑地是首「隱居閒適詞」，寫出農村
風光之美和生活其中的輕快心情，感情與筆調是輕鬆優美的；然而「城
中桃李愁風雨」，語詞內涵上本有喻示意味，一般皆相信不是單純寫
「桃花李樹怕風雨」，汪誠就分析此句爲「反映他對城裏那些投降派
官僚的追名逐利，鉤心鬥角，陷害賢良，置國家人民最高利益於度外
的一種鄙夷痛恨之情。後者（指所引這段話）乃是這首農村風物詞的
深層主旨。」〔註32〕汪先生的分析，若以本論文早先評述的闡釋學及
結構主義的語言符號理論來看，則其分析顯然是由「城中」、「桃李」、

〔註31〕見夏承燾《姜白石詞編年箋校》，頁 36。
〔註32〕見汪誠《稼軒詞選析》，頁 660。

「愁風雨」等語言符碼（Code）的聯想軸作用，加上對作者身世遭遇等主觀心理的意識批評的結合而作的闡釋，這種解說，就語碼的傳統寓義及作者的主體精神傾向而言，自然是很有根據的，因為單就「桃李」言，劉禹錫的《再游玄都觀》詩之諷刺爭權奪利的官僚，已是極有名的典故，而稼軒又是位深受這些投降派的君臣所讒毀打擊的忠義之士，以之聯想，自然極有可能。然而，在本論文前面對於「解析詞作主旨」的理論說明中，已明白論述了解詞以文本（Text）為中心的概念及合理性，而對文本詮釋時的重要考量，除了詞調、詞題及個別的題材語彙之外，很重要的就是整首詞的「抒情基調」。蓋詞作雖會因詞人複雜矛盾的心情、豐富廣闊的精神思想而呈現兼容並蓄的內涵情意，但細加推繹、則全首詞仍有其內涵的重心，及整體的情調傾向——如歡樂的、悲傷的、閒適的、怨憤的、豪壯的、纖柔的、或超曠的及纏綿的等等，而這正是劃分其詞作類別的重要因素。上述這首詞的整體抒寫內容與情調是清新、美好而恬淡的，結尾「春在溪頭薺菜花」，亦歸結於宜人春光中，故「城中」句雖有諷意，但不應該推翻整首的主調，即只是「句中命意」，而非全篇的「深層主旨」。顧之京在《辛棄疾農村詞篇什探究》文中就說：

> 一首篇幅短小的農村詞只能屬於一種題材，而不能由篇中的一兩句同時列入另一類題材。北宋范溫的《潛溪詩眼》中說：「詩有一篇命意，有句中命意。……蓋如此，然後頓挫高雅。」……可以說是某句的「句中命意」，而不是全篇的「命意」。這些句中之命意可以使詞情感更加起伏，內涵更為深闊卻不能代替全詞一篇之命意，因此也不足以改變一首詞的題材歸屬。〔註33〕

這首《鷓鴣天》，顧之京即將之劃入「農村詞」，本論文中亦將它歸為「鄉居閒適詞」。在本論文的詞作分類上，是將「退隱的愁憤、對政治黑暗的諷刺」與「退隱田園、農村生活之風光與平和之心境的描

〔註33〕見孫崇恩主編《辛棄疾研究論文集》，頁 105～106。

寫」，看成二種不同的詞作類型，因爲其思想內涵的指向（政治黑暗及個人安居）及感情情緒（一爲憂愁憤懣，一爲平淡閒適）都截然不同，是不應加以混淆的。也因爲這個緣故，在這裏對這首詞作了這麼多的說明，旨在說明對詞作的主旨分析上要有一種整體的、達辭意又合理的態度，不求之過深，也不失之膚淺；對詞作內涵的分類上亦要達到更精確細緻而科學的水準，才能有更深切的批評成果。

伍

　　有時候詞中的一、二句話，卻足以爲全首主旨，而凌駕其他大部分內容之上。如稼軒這首《沁園春：再到期思卜築》（卷四，頁 297）：

> 一水西來，千丈晴虹，十里翠屏。喜草堂經歲，重來杜老。斜川好景，不負淵明。老鶴高飛，一枝投宿，長笑蝸牛載屋行。平章了，待十分佳處，著箇茅亭。　青山意氣崢嶸，似爲我，歸來嫵媚生。解頻教花鳥，前歌後舞，更催雲水，暮送朝迎。酒聖詩豪，可能無勢，我乃而今駕馭卿。清溪上，被山靈卻笑，白髮歸耕。

這首詞是稼軒再次被彈劾罷官（福建任），到期思準備卜居而寫。上片思想起杜甫回成都草堂、陶淵明歸隱田園的情景，寫自己也回田園居所的安適心情。下片更從青山花鳥的歡舞歌詠以表自己來此的喜悅與深受歡迎，詞到這裏爲止，都是輕快和樂的，似乎詞人也很喜愛重歸田園，但結拍卻突然由欣喜的高峰跌到谷底，原來詞人聽到山靈說：「你這白髮的老頭子，有什麼好高興，還不是又被罷官才回到這裏種田麼！」這話刺到詞人內心最隱痛處，於是前面的歡欣和融都剎時煙消雲散，只剩老詞人孤立河畔的淒涼，所以全首的情意主旨依舊是種「罷官退隱的愁鬱感恨」，而非「鄉居的閒適」。正如汪誠所云，這最後一句是「借山神之口，道出詞家內心的隱痛和憤懣，這是全篇主旨所在。」〔註34〕可見詞作之主旨，是不能單以題材所佔篇幅而決

定的，要看每個字句的情感強度和重要性。

　　類似《沁園春》這種抒情的手法及章末見志的情形，在稼軒詞中不少，如另一首《千年調》（頁 418），也作於瓢泉時期，辭云：

> 左手把青霓，右手挾明月。吾使豐隆前導，叫開閶闔。周
> 遊上下，徑入寥天一。覽玄圃，萬斛泉，千丈石。　　鈞天
> 廣樂，燕我瑤之席。帝飲予觴甚樂，賜汝蒼璧。嶙峋突兀，
> 正在一丘壑。余馬懷，僕夫悲，下恍惚。

這詞內容乃是「遊仙詞」，因開山路得石壁，認爲是天賜而寫。全首寫上天下地，遊於天宮，宴於瑤池，仙樂佐歡，何其飄然暢樂；直到結尾時，因乘馬思歸，僕人欲回，自己才恍惚間跌回人間，所謂「天上人間」（李煜《浪淘沙》），其樂苦相差何其遠！詞人不能長留天上，一方面顯示其對人間生民之苦、家國之難，無以拋捨；另一方面也喻示其美好之理想世界難以達成。故其中有憂世的悲慨，有自身的傷愁，主旨上是首「因景抒情詞」（個人），而不是閒適類的隱居之作。

　　以上所述，即由實際作品之文辭內涵與情意風格之分析，而歸納出的幾個由題材評估主旨的方法原則。本章關於詞作主旨探索之理論就談到這裏，下一章將進一步談兩人詞作內容的分類。

第四章　稼軒與白石詞的內容分類與創作概況

第一節　詞作內容分類

　　第三章中，已就「詞作內涵主旨之探索」這個主題，從各方面論述其可運用的方法和相關的理論觀念（包括傳統與現代中西方的）。大致評述了：1. 本論文進行這種研究的用意和價值，2. 以詞作文字語言為分析之中心的理由，3. 對詞牌詞題的傳統回顧及其對詞內涵與分類之作用，4. 以詞中表現之情意世界的兩大範疇為詞作基本分類的理論，5. 對詞作主題分析時應注意的原則。通過這些理論性為主的詮釋，已構繪了本文對辛棄疾與姜夔詞分析歸納的考量方式。本章就將這些理論應用在辛、姜詞所得的結果加以說明，第一節談詞作內容分類，第二節再就主旨分析結果統計全部詞作。

　　分類項目基本上乃是以傳統詞題分類為主，再結合詞作內容分析所得的結果。

　　整體而言，分類的目標，當然是希望能確實表達作者的情意，掌握他的創作方向。唯文學研究本無絕對的科學或標準，但原理是有的，方法也是有的，如果能結合實際作品，把原理或方法作一種

較深入的檢索、批判，則未嘗不能得出一種比較「科學性」的「理論系統」，這對文學研究而言，是有意義和價值的。上一章就是這樣的工作。

寫完第三章時，事實上對辛、姜二人全部詞作的主題分析（包含文辭與風格）已經做完了，這是必然的，因爲第三章本來就是和詞作主旨探索分析的工作同時進行的，它是對詞作研讀所體會者的「理論歸納」，即理論與實際作品間交互作用的結果，而不是一套預設的理論，因爲，預設理論必難以包容那麼多而複雜的作品，故必定要結合作品實質特性與內涵，所推演出的方法理論才有足夠的「詮釋能力」，所以也可說第三章的內容是一種「實證理論」。

由辛、姜二人詞作的分析歸納中，不難得知詞人各種題材形式的創作情形和數量。然而這些結果並非要很形式地據此統計數字以爲創新，或刻意計算詞人幾次參加離席別筵、賞花品茗，幾回在家吟風醉月或悲慨高歌，曾題贈了幾位婉約佳人、幾度登臨了江山勝景……，凡此種種，只不過顯示詞人作詞的時地和寫作的對象，這些都是很形式的；本文的主要目的是希望能結合「形式對詞之闡析上、詮釋上的作用」，而能對詞人的創作路線、創作特徵和題材內容有較深刻的瞭解。庶幾能由其中得到深一層的體悟與收穫，而作爲對詞人詞作的思想內涵與審美藝術之研究成果。

王國維云：「詞之爲體，要眇宜修，能言詩之所不能言，而不能盡言之所能言。詩之境闊，詞之言長。」正因「此要眇宜修」之幽微體性，使解詞不易，亦令本文在研究中企圖對詞內容分析歸納時，深感不易。唯光陰如流，詞人已遠，只有詞作流傳人間；詞是詞人自己寫的，是了解他們的最可靠之依據，今日欲知詞人精神思想，揭示其文學成就，都必須由詞作本身下手。職是之故，雖知解詞之難，而今日卻仍有意、且必要做「解人」時，只有「上下而窮索」以識詞人之「幽心曲衷」也，這是本論文前四章寫作的主因。

壹、來自傳統詞題的十種詞作類型

　　本節以形式的考量為中心，將詞作分成各種不同的「形式類型」
——當然此形式與內容必有關係，但又不相等，此「形式」主要即指
「詞題」；在前章第三節由回溯傳統發展而提出的一些詞題形式——
如「節序詠懷」、「詠物」、「懷古」、「賀壽」、「別情」等，就是此處「形
式類型」的主要參考。這些詞題的性質，主要是表現了寫作的時空環
境和因緣，其中最明顯的作用就是指示「寫作對象」，如「節序詠懷」
多為自述自嘆，「詠物」則寫給物，「懷古」寫給古人，「賀壽」寫給
過生日者，「別情」寫給將別之友等。這些詞題既然規範了寫作對象，
自然對內容有一種形式上的先天影響力，如為人賀壽必有頌揚祝福之
辭，登臨懷古豈無古今人事興衰之嘆，送別必有傷感敘情之語，逢節
序則多感惜光陰與思懷鄉土、親友也。可見這些來自傳統詞題的詞作
「形式類型」，一方面是詞作形式上的名目，同時也喻示了詞作的思
想情感傾向，〔註1〕是形式又兼有內容的作用，猶如「意象」基本上
雖是形式，但又同時指向內容，即可以說是種「內形式」。〔註2〕本節
提出的詞作「形式類型」就相當於一種「內形式」。

〔註1〕這些詞題既然顯示了作詞的動機因緣，也指示了詞的寫作對象，自然
　　　　對詞的內容與情調有影響；但這種影響又是很有限而非絕對的，特別
　　　　是對稼軒這位愛國情志強烈，又不受限於傳統的詞人，他已經不只是
　　　　「什麼題材都能寫」，且是任何題材到他手下都能自由驅遣，超越突
　　　　破，完全不受詞題形式與內容素材的限制。所以說，此處設立之詞作
　　　　「形式類型」，其對詞作的內容只能喻示「可能的傾向」，而不等於內
　　　　容；也是因這個緣故，本文對稼軒與白石的詞作分類才要做更複雜的
　　　　理論分析以求得更精確的分類結果，而不能簡單像一般研究上直接以
　　　　詞題標注詞作內容的方式，如「節序詠懷」、「懷古」或「送別」等。
〔註2〕陳振濂《宋詞流派的美學研究》中對「意象」的分析，提出「內形
　　　　式」的理論，他說：「以意象組合這一元素去統攝形式中最豐富的部
　　　　分。」又「當一般內容轉換為意象之後，它便獲得了進入形式殿堂
　　　　的入場卷，內容開始走向形式。反過來說，形式中必然也包含了內
　　　　容。」（頁153）其意蓋以為「意象」並非單純的形式藝術，而是包
　　　　括了內容，而且是詩詞等文學作品的形式與內容的聯繫關鍵，透過
　　　　意象可由文辭形式得知思想內涵，故它是「內形式」。

　　根據前章所敘的傳統詞題，以之為準，配合稼軒、白石二人的詞作內容，就可得到下列五種詞作的「形式類型」：

　　1. 節序詠懷、因景抒情類

　　2. 友朋別離、題贈敘情類

　　3. 詠物類

　　4. 賀壽類

　　5. 懷古類

　　而在第三章第四節已論述了詞作內涵可依情志性質，分成「小我」與「大我」兩個範疇，今對辛、姜詞作既已舉其形式，所以只要進而分析其內涵範疇時，就能得到詞作內容的具體分類，如以賀壽類之形式而寫的詞為例，它可以單純作頌美祝福語，如《鵲橋仙：壽余伯熙察院》云：「豸冠風采，繡衣聲價，曾把經綸少試。看看有詔日邊來，便入侍，明光殿裏。東君未老，花明柳媚，且引玉船沈醉。」（卷二，頁241）〔註3〕但它亦可以超出一般賀壽的通俗內容外，以更高的精神境界展現，寫出對國家社會的豪情壯志，如稼軒《水調歌頭：壽趙漕介庵》云：「聞道清都帝所，要挽銀河仙浪，西北洗胡沙。」（卷一，頁 7）及《水龍吟：甲辰歲壽韓南澗尚書》云：「待他年整頓，乾坤事了，為先生壽。」（頁 119）其中北伐中原，復仇雪恥的愛國情感就顯然凌駕賀壽語之上，顯然是屬於愛國豪放詞之範圍，不得以賀壽詞視之，可見詞題形式與內容未必一致。故就「賀壽類」的詞作而言，依其思想內容，可以分成二種具體的「詞作內容類型」：一是以小我為內涵範疇的賀壽詞，二是以大我抱負為範疇的賀壽詞。故將此範疇理論與上述五類傳統詞題相結合，我們可得到十種結合傳統詞題的詞作內容類型，敘述如下：

　　1. 以小我為內容範疇的節序詠懷、因景抒情詞

　　內容主要是抒寫個人不管是為官時，或隱居江湖時，對人情事

〔註3〕此卷帙和頁次，指鄧廣銘的《增訂本稼軒詞編年箋注》中的卷次、頁數。以下凡引稼軒詞者亦同。

理、個人遭遇悲歡的感懷；以白石而言，則主要表現一種羈旅漂泊之愁緒與思家之情，並常揉入愛情的敘寫，如合肥之情侶（但愛情題材的份量不能超過羈旅節序感懷的內容）；至於稼軒則頗多對年華消逝，世事難成的感慨。總體而言，這類詞在感情、情緒上的特徵是「感懷深厚、傷而不怨」，有情思的「嚴肅性」、「深刻性」，並有所自持，不流於「悲嘆、怨懟或悲憤」。就情意的內涵與情景敘寫的關係言，此類是以「抒情」、「詠懷」為主，不是以寫景為主，因為單純寫景，如稼軒對農村風光、田園生活與山水旅遊之描寫，都缺乏「感懷」內容，是屬於另一類的作品。就詞題形式言，多有明白的詞題，如稼軒的《蝶戀花：戊申，元日立春，席間作》（頁 193）及《生查子：獨遊西岩》（頁 248，此首為因景抒情）等。

2. 以大我為內容範疇的節序詠懷，因景抒情詞

此類詞主要是詞人那些因節序的變遷觸發而藉此節序風物抒發對社會國家的關心憂念與抱負志願的詞。這是一類極值得重視的詞作，因為它的情感思想本質是豪放愛國的，但在表現的手法上卻充滿「傳統婉約情詞」的色彩，即常托諸「暮春、晚春」的詞題，借美人傷春的情意，抒寫了對國家的憂念和壯志難遂的傷愁，如稼軒《摸魚兒》（更能消幾番風雨）（頁 55）正是一首優秀的代表作。至於白石，則當以《揚州慢》及《翠樓吟》為代表作。

3. 以小我為內容範疇的友朋別離、題贈敘情詞

這類詞的中心主旨是在表現友誼，故凡是送別朋友而作（其中必有相當之離情成份，且臨別題詞已看出對此朋友之重視）而情感上以小我個人之友誼為主，及唱和題贈朋友之詞中以友誼為重者都包括在內。它的內涵主題是同性間的友誼，而同性情誼在臨別題詞中最易流露，故其詞題是以「送別」為主的，如稼軒《滿江紅：餞鄭衡州厚卿席上再賦》（頁 195）及白石《八歸：湘中送胡德華》等；至於非送別詞而敘寫友誼者，則要由內容看出。如稼軒《沁園春：答余叔良》

云：「弔古愁濃，懷人日暮，一片心從天外歸。」（頁 243）詞題並未
顯示，但主旨實為友誼。

4. 以大我為內容範疇的友朋別離詞

這類詞作只見於稼軒，主要指稼軒那些在送行友人的詞作中所抒
寫的愛國豪情，與朋友共勉的報國壯志，（若題贈朋友以敘報國情志，
則視為直接抒寫的愛國豪放詞。）如《滿江紅：送湯朝美司諫自便歸
金壇》云：「活國手，封侯骨，騰汗漫，排閶闔。待十分做了，詩書
勳業。」（頁 116）及《賀新郎：同父見和，再用韻答之》（此詞雖無
送行之題，然實好友匆匆聚散後寄贈之惜別詞，故放在此類中）云：
「事無兩樣人心別，問渠儂，神州畢竟，幾番離合。汗血鹽車無人顧，
千里空收駿骨。正目斷關河路絕。我最憐君中宵舞，道男兒，到死心
如鐵。看試手，補天裂。」（頁 201）二詞主旨皆寫愛國之情，尤其
是致同父之詞，更是鋼腸鐵膽，氣驚風雷，有萬馬千鈞、怒轉乾坤之
雄壯氣勢，堪稱稼軒豪放愛國詞中的第一壯詞，古往今來，恐怕僅有
岳飛《滿江紅》詞始有此等氣概激烈。由此詞語，亦充分顯示稼軒為
豪放派愛國詞人代表的理由所在。

5. 以小我為內容範疇的詠物詞

這種形式與內涵的詞作，可算是對傳統詠物詞的直接繼承，在白
石傳世的八十四首詞作中就有近二十首，充分表現了姜夔以婉約詞風
為主的創作路線，因為詠物詞原即婉約派重要的一種寫作形式與內
容，至於稼軒亦有五、六十首之多。在詞題的特徵上，這類詞原則上
皆有明確的詠物詞題，如稼軒《江神子：賦梅寄余叔良》（頁 245）；白
石則有數調調名與梅花有關，如《江梅引》、《鬲溪梅令》、《一萼紅》、
《暗香》、《疏影》，然其內容卻非詠梅，如《江梅引：丙辰之冬，予留
梁溪，將詣淮而不得，因夢思以述志》，全首皆為思念合肥情侶之作；
又《鬲溪梅令：丙辰冬，自無錫歸，作此寓意》云：「木蘭雙槳夢中雲，
小橫陳，漫向孤山山下覓盈盈，翠禽啼一春。」亦分明寫所愛也，因

愛情本是詞作一重要題材，故對稼軒與白石以詠物為題的詞作，凡內容主旨是寫愛情或女子者，則歸入婉約愛情詞，而不視為詠物詞。

6. 以大我為內容範疇的詠物詞

此類詞作僅見於稼軒，指他以詠物的詞題形式而借物寫志，表達對國家大我的理想抱負者，如《賀新郎：賦琵琶》下片云：「遼陽驛使音塵絕。瑣窗寒，輕攏慢撚，淚珠盈睫。推手含情卻還手，一抹梁州哀徹。千古事，雲飛煙滅。賀老定場無消息，想沈香亭北繁華歇。彈到此，為嗚咽。」（頁　449）此詞藉詠琵琶以抒情喻志，充滿幽咽悲涼的情調，非特所聽之琵琶演奏之凄怨感人也，正乃詞人悲愴愁鬱之心情的表現。詞中遼陽為冀北邊地，涼州乃河西塞上，以閨婦擬彈者，而云「瑣窗寒」、「音塵絕」，令其「珠淚盈把」，顯然謂邊塞失利，良人不返，故一抹「涼州哀徹」（《涼州》曲本寫邊塞征戍之事）；就詞人所處之南宋政治情勢而言，顯然寄寓北宋亡於敵人之悲痛，那昔日汴梁的繁華富麗何在呢？而身在淪陷區中原百姓又過著多麼艱苦磨難的生活，故在感恨「沉香亭北繁華歇」的故國憑弔中，詞人已不忍再彈（詞人已在情感的聯想中化身為彈奏者，彈出心弦），而「彈到此，為嗚咽。」由全首運用的典故，流露的情感，抒情的風格來看，顯然他是表達了對故國淪亡的哀傷，對國勢陵夷的憂恨，此乃愛國情感，憂民之情的另一種表現——即不同於愛國壯詞的慷慨直書，大聲鐀鎝，而是「摧剛為柔」，以凄美動人的抒情語調，婉約的形式手法，和種種典故的內涵喻示，曲折幽怨地抒寫了傷時憂國的愁恨。就思想情感的範疇而言，此乃「大我社會國家」也，唯表達於詞者，乃是一種「情」，憂國之情；而不是「志」，報國之志。此種以詠物詞之形式而表現屬於大我領域之情志的詞，在形式上具有婉約詞的風格特徵，是值得我們注意的。

7. 以小我為內容範疇的賀壽詞

見前述。

8. 以大我為內容範疇的賀壽詞

見前述。

9. 以小我為內容範疇的懷古詞

指詞人登臨江山勝景、古人之跡而抒寫的個人人生感懷，未明顯流露對家國民生之關懷抱負者，如稼軒《賀新郎：賦滕王閣》云：「畫棟珠簾當日事，不見朝雲暮雨。……空有恨，奈何許。……爲徙倚闌干凝竚。目斷平蕪蒼波晚，快江風，一瞬澄襟暑。誰共飲，有詩侶。」（頁 72）此首寫詞人過南昌登滕王閣，起拍云：「黯然懷古」，已明示懷古之旨，而通首內容主要從王勃《滕王閣詩》及當時情景寫入，表達歲月悠悠，追懷古人之情；結拍以閣上遠眺，江風澄暑而起與詩侶共飲之興致作結，整首並未寫家國興亡之感或抱負，故爲以小我爲範疇之懷古詞也。至於詞題，稼軒所作多有標明，未標明者僅《酒泉子》（流水無情，潮到空城頭盡白）一首（頁 35）；而標示的方式，多是於所登臨之地名上加一動詞，如「登建康賞心亭」、「過南劍雙溪樓」、「書江西造口壁」等。至於序中直接用「懷古」的字眼，則是種更明白而確定的懷古詞題形式，如《漢宮春：會稽蓬萊閣懷古》和《永遇樂：京口北固亭懷古》（頁 519 及 527，又上舉數例皆屬大我範疇之作品）。另外，有時詞雖登臨古蹟而作，然詞中並無懷古之內涵——即感懷古今、抒寫國家或個人的人世興衰之感，則亦不視爲懷古詞，如稼軒《瑞鶴仙：南劍雙溪樓》（頁 283），詞中寄慨之語唯「嘆息，山林鍾鼎，意倦情遷，本無欣戚。」並無懷古格調，故筆者以爲不當屬懷古形式之詞。又白石懷古之作唯《虞美人》（闌干表立蒼龍背）及《水調歌頭：富覽亭永嘉作》二首；集中另有三首和稼軒懷古詞者，即《漢宮春：次韻稼軒》（雲日歸歟）、《漢宮春：次韻稼軒蓬萊閣》（一顧傾吳）、和《永遇樂：次韻稼軒北固樓詞韻》（雲鬲迷樓），語言俊爽渾厚，思想感慨亦深，內容乃懷古詞本色，但就寫作條件而言，皆是和人懷古詞而作懷古之詞，非親自登臨古跡而懷古也，故實非「懷古」，僅能視爲「詠史」也。

10. 以大我為內容範疇的懷古詞

此種在登臨懷古之際抒寫憂國愛國的情感與慷慨的報國壯志，乃是稼軒詞中不管是思想或藝術性都極高的一類詞，亦是稼軒的豪放愛國詞中重要的一環。情感悲涼沈厚、氣格雄渾蒼勁，是稼軒愛國內涵之懷古詞的最大特色，特別是《水龍吟：過南劍雙溪樓》（舉頭西北浮雲）及《漢宮春：會稽秋風亭觀雨》（亭上秋風）、《永遇樂：京口北固亭懷古》（千古江山）等幾首更是集中地表現了稼軒精神思想的本質，和詞風藝術的特色。

貳、豪放愛國詞與婉約愛情詞

「愛國詞」與「愛情詞」無疑地是南宋豪放派與傳統婉約派的代表作，由第一章對此二派風格發展的分析，亦可肯定愛國詞的風格以豪放為先，愛情之作則尚婉約也，是以對此二類詞各以「豪放」及「婉約」冠之。其內涵特質如下：

1. 豪放愛國詞

內容指詞人以「直接的」方式抒寫的愛國情感、大我社會國家的抱負。此「直接的」意謂詞題上不藉「節序、送別、詠物、賀壽、懷古」等形式，且抒情表意上是直接明敘，而非曲隱暗喻。此類作品稼軒約十餘首，白石僅一首。就詞題形式言，有二種：一是無題，即純粹自我抒發也，如稼軒《滿江紅》：「不念英雄江左老，用之可以尊中國。」（頁 455）及《好事近》：「萬里勒燕然，老人書一編。」（頁 493）；二是藉友朋唱答抒懷，並以之相勉，如稼軒《滿江紅：建康史帥致道席上賦》：「袖裏珍奇光五色，他年要補天西北」（頁 9）、《婆羅門引：用韻答傅先之，時傅幸龍泉歸》：「男兒事業，看一日，須有致君時」（頁 370）、《破陣子：為陳同甫賦壯詞以寄之》：「了卻君王天下事，贏得生前身後名。」（頁 240）及白石《永遇樂：次韻稼軒北固樓詞韻》云：「樓外冥冥，江皋隱隱，認得征西路。中原生聚，神京耆老，南望長淮金鼓」等，皆流露強烈的愛國情志，允為豪放愛國詞也。

2. 婉約愛情詞

這類詞是傳統詞壇中，特別是晚唐、五代以至北宋的詞作代表，也一直是詞作的典型題材，所謂「『情』本身的充分表現就具有獨立的文學審美價值」也。〔註4〕以婉約詞擅長的姜夔固不待言，連氣概風雲，以北伐復興為一生職志的辛棄疾，詞集中亦頗多言情（愛）及描寫女性的詞，達六十餘篇，正是劉克莊所云：「其穠纖綿密者，亦不在小晏、秦郎之下。」（《辛稼軒集序》）就篇章的認定範圍而言，因二人所題寫的對象有妻子、有情人、有侍妾、有歌伎，有為自己寫，有代他人賦；又有送別時寫，離家思念伊人時寫，或至「感夢而作」等等，在詞題中不一定交待清楚。有時詞題反而隱約其詞，如白石《長亭怨慢》、《摸魚兒》等，皆言情愛也，序中反顧左右而言他；又其自度曲中一些詠物的詞牌，特別是詠梅，如《鬲溪梅令》、《暗香》等皆懷念合肥歌女之情詞，非詠物詞。故此「婉約愛情詞」，在詞作的認定上，是不以詞牌、詞序為限，而是以內容為準，即凡內容以描寫愛情或描寫女性為主者都是。就稼軒而言，其詞題形式有三種：一是無題，如《菩薩蠻》（淡黃弓樣鞋兒小）（頁495）；二是以節序為題，如《一剪梅：中秋無月》下片云：「渾欲乘風問化工。路也難通，信也難通。滿堂惟有燭花紅。杯且從容，歌且從容」（頁467）；三是說出題贈之人，如《鵲橋仙：送粉卿行》云：「轎兒排了，擔兒裝了，杜宇一聲催起。從今一步一回頭，怎睚得一千餘里。」（頁485），因他很少以詠物的詞題形式寫愛情，故一般他以詠物為標題的詞都是歸入「詠物詞」中。

參、稼軒的政治挫折與田園隱居之詞

上面敘述了十二種稼軒和白石詞作的內容，這十二種已包括姜夔全部詞作，這裡要補充的最後兩類詞作乃是針對辛棄疾的，是他特有的作品——即「鄉居閒適詞」及「退隱愁憤詞」。從詞作題材、語彙、思想性的分析中發現，前者的思想範疇是以「小我」為中心的，但後

〔註4〕見張惠民《宋代詞學審美理想》，頁52。

者則可包含「小我」與「大我」兩個範疇，故合前者「小我」一類與後者「小我、大我」兩類，可得三類詞作，其內涵是：

1. 鄉居閒適詞

指稼軒在鄉村隱居中所寫的具有閒適風格的作品，包括曠達安適的心情、旅遊寫景及農村生活、風景民情的描述等，是以個人的思想情感為中心的，故為小我範疇之作。如《蝶戀花》：「洗盡鉛心隨法喜。看取尊前，秋思如春意」（頁 109）心境和樂灑然、《清平樂：博山道中即事》：「柳邊飛鞚，露濕征衣重。宿鷺窺沙孤影動，應有魚蝦入夢」（頁 138）紀遊寫景及《西江月：夜行黃沙道中》：「明月別枝驚鵲，清風半夜鳴蟬，稻花香裏說豐年，聽取蛙聲一片」（頁 250）描繪出農村優美的風光。

2. 以小我為內容範疇的退隱愁憤詞

指稼軒受誣陷罷官的憤慨、對時政污穢人情險惡的諷刺、及長期閒廢人老體衰的消沈愁嘆。主題未明顯呈現對大我的情志，乃以個人的失意不滿為主，故視為小我範疇之作，如《沁園春：弄溪賦》：「笑野老，來耘山上禾」（頁 451）之罷官傷痛、《水調歌頭：再用韻答李子永提幹》：「百鍊都成繞指，萬事直須稱好，人世幾輿臺」（頁 112）之對世俗無恥小人的諷刺、及《杏花天》：「病來自是於春懶，但別院、笙歌一片。蛛絲網遍玻璃盞，更問舞裙歌扇」（頁 131）之索然無歡等。雖然稼軒的受誣廢職，閒散愁老，是直接因其政治上的作為和堅持抗戰北伐的主張而造成的，溯本追源，則此心此志，固然為大我也；但今日作品主旨分析既以詞作文字表現者為據，則其對志懷襟抱之未著於詞者，就不需刻意去深解窮索了，故以「小我」範疇定之。

3. 以大我為內容範疇的退隱愁憤詞

指稼軒雖以受誣罷官的愁憤鬱抑之情緒基調寫詞，但卻在措辭用語中顯然流露其對國、對民的忠愛與憂懷。其感恨、無奈，是因這份大我情志的受挫，非為一己榮辱，故由思想情感的本質言，自然是屬

於大我的；只是，它是種以「怨調」、「怒調」形式表現的愛國詞。如
《賀新郎：題趙兼善龍圖東山園小魯亭》：「下馬東山路，恍臨風、周
情孔思，悠然千古。……政爾良難君臣事，晚聽秦箏聲苦。」（頁340）
抒其有淑世之心、東山之志，卻不遇其君，徒然「垂功名淚」，「且作
溪山主」的失意愴然；《玉樓春》：「伯夷饑采西山蕨，何異搗虀餐杵
鐵。仲尼去衛又之陳，此是乘車穿鼠穴。」（頁 483）反諷政治之污
暗。此二首，由詞中典故人物可顯見詞人守節愛國的精神，故為大我
之作。又如《沁園春：戊申歲，奏邸忽騰報謂余以病挂冠，因賦此》
（頁196）更集中地表達了他的在廢職的悲愁寥落中念念不忘家國的
衷情志節，允然為此類的代表作。

　　上述這兩類詞作，就內涵、形式而言，因為它們有時和前述的「節
序詠懷、因景抒情詞」頗為相似，也常因節序的觸發而寫作，並標示
詞題中，如《沁園春：再到期思卜築》（頁 297，因景而寫）、《滿江
紅：中秋》（頁 454，因節序而寫），且也是一種感懷的抒寫。為何本
節要將這兩類詞獨立出來，應略述其理由：

　　第一，「節序詠懷，因景抒情詞」，由第三章的分析知，它乃是一
具有文學傳統和風格典型的詞作類型，由詞史發展的意義考察之，可
發現它乃是北宋詞最重要的內容，最能代表傳統士大夫的精神情懷，
其內容風格，已在北宋建立一種典型：即形式上緣於時序變遷、草木
盛衰而發，內容上，若在他鄉，就多寫羈旅鄉愁、年華消逝之嘆與對
妻子、情人的相思，若在家，則多敘生活中的輕愁淡恨，前者如柳永
《八聲甘州》、周邦彥《瑣窗寒：寒食》（暗柳啼鴉）、《齊天樂：秋思》
（綠蕪凋盡臺城柳）等，後者如晏殊《踏莎行》（小徑紅稀）、歐陽修
《蝶戀花》（誰道閒情拋棄久）等。這類詞固然能包含稼軒退隱時期
的許多作品（如本節前面所敘），但基於對這種詞題形式之「詞作內
涵與風格傳統」尊重，它是無法、且不應當太「廣泛化」地把稼軒許
多與罷官退隱有關的思想或生活內容都包含進去；且上述的「鄉居閒

適詞」及「退隱愁憤詞」，在思想內涵、風格情調，都是截然不同的，與「節序詠懷、因景抒情詞」間也頗有差異，故應加以區別；若簡單以一個傳統項目概括，就違背本論文欲深入剖析詞作主旨與更明確具體地分類的研究目的，也失去了對各類詞作形式（主要是詞題）作探源尋根的理論分析之意義，故知此三類詞是該分開而各自獨立的。

　　第二，這兩類詞中，「退隱愁憤詞」抒寫了稼軒受毀謗、罷官的憂憤心情與退隱的冷落惆悵，「鄉居閒適詞」則描繪了他隱居鄉村後，能夠安於這個環境，盡力安撫心情，並乘閒四處遊山玩水，感受農村風光與人情之美。即前者代表他歸田園的不快樂、愁恨、消沈的一面，後者則代表他在田園中快樂、安適、樂觀的一面。故結合這兩類詞作的觀察分析，才能讓我們真切體會感受到詞人鄉居生活的面貌，他的心情變化、苦樂悲歡，如此對了解詞人與其創作歷程，都是很有意義的，故此兩類有獨立標顯的必要。

　　從稼軒北方起義南歸後的一生遭遇來看，實在是歷盡坎坷冤抑，不只被誣陷罷官是對其人生志意的強烈打擊，就算他三度在南宋朝廷任官的歲月，也是受盡猜疑，嘗盡漂泊奔勞之苦，最多只做些地方錢糧或折獄之官，雖晚年出任浙東安撫史、鎮江知府，積極籌劃北伐，但卻短如春夢；而他的軍事武略卻常被南宋利用來壓制內亂，如平江西賴文政茶寇。所以可知：投奔南宋後的遭遇和政治任用，相對於其夙懷的才器和宏大的志願而言，乃是種極大的「壓抑」和「失意」。也就是在這種極大的志意受挫之苦厄處境和心情下，原本無意於詞章的英雄豪傑——辛稼軒，才轉而以詞來抒寫其感憤激切的心情與鄉居無事的周遭景物。此即其門人范開在孝宗淳熙十五年（1188）正月集其詞作編成的《稼軒詞甲集》序中所說：

> 雖然，公一世之豪，以氣節自負，以功業自許。方將斂藏其用以事清曠，果何意于歌詞哉，直陶寫之具耳。

此言正道出了稼軒以詞抒發心中感慨與調劑心情的創作真象，這也是

葉嘉瑩說稼軒詞的感發生命是「以英雄失志的悲慨爲主」﹝註5﹞的意思。所以，稼軒在詞壇上雖以南宋豪放派愛國詞人之領袖而流傳千古，但由本論文對其全部詞作的分析卻發現其詞中以「大我」的關懷抱負爲抒寫主旨者，只有一百首左右（見下節）。這個偏低的統計結果告訴我們：一位原本豪氣干雲的英雄豪傑，當他長年失職，賦閒於偏僻的山村裏，以一個無官無位的落魄英雄，還能「大聲鐣鏜」樂觀自信地抒寫報國殺敵的豪情壯志嗎？答案自然是否定的。農村的平淡無爭，與朝廷的遙遠，彷彿已無關於一切世事興衰，是另一個和樂自足的天地，﹝註6﹞而漫長的退隱歲月，詞人已一天天老去，筋力也一天天衰弛了——「不知筋力衰多少，但覺新來嬾上樓。」（《鷓鴣天》，頁 153）「頭白齒牙缺，君勿笑衰翁。」（《水調歌頭：元日投宿博山寺，見者驚嘆其老》，頁 205，時年 50）就在這人老身衰，世途艱危時，所受的遭遇迫害又越來越凄慘，當他罷福建任時（年 55 歲），連從前退隱時那份安慰性質的崇佑觀提舉的乾俸也取消了，﹝註7﹞逼得他說：人生在世，以力田爲先。可是「清溪上，被山靈卻笑，白髮歸耕。」（《沁園春：再到期思卜築》，頁 297）令詞人不禁感傷地吐露「投老空山，萬松手松，政爾堪嘆。何日成陰，吾年有幾，似見兒孫晚」（頁 332，瓢泉時）之悲涼。以百年蒲柳之身，遭此世途凜冽風雪，那少年的豪情壯志尚能消得幾番風雨呢？至此不免更加敬佩詞人的剛毅志節、愛國情操，因換作他人早就隱身埋名，化作野老田夫了，豈能再挑燈看劍唱《破陣子》！豈能再三出山門爲國家奮鬥！

然而，南宋朝政的腐敗，一次次無情地打擊詞人。累遭讒擯詆毀而罷官，不能無恨；長期閒廢，不免人老凄涼；世事的滄桑、人情的

﹝註5﹞ 見葉嘉瑩《靈谿詞說》，頁 414。

﹝註6﹞ 稼軒所隱居的信州府城上饒市，是江西東邊偏北的一個山間小城，這地方在今日仍算內地，經濟發展落後，今有鐵路到杭州，但昔日則交通不易，故雖與南宋首都臨安相距不算很遠（約八百公里），但已恍如另一個世界。又他後來居住的瓢泉，在鉛山縣永平鎮，距上饒約有 40 公里。

﹝註7﹞ 見鄭臨川《稼軒詞縱橫談》，頁 48。

冷暖，必有所感；就在此寂寥傷愁中，鄉村的美好風光，溫暖人情（可參見附圖），卻又撫慰了詞人的苦悶心靈，於是這些複雜的情感和相關的人、事、物就成了稼軒隱居時的創作主線，即「退隱愁憤詞」、「鄉居閒適詞」全部及「節序詠懷、因景抒情詞」部分。至於愛國豪放之詞則幾乎只有在面對同是才氣超邁，以國事為重的朋友時，才能唱出「我最憐君中宵舞，道男兒，到死心如鐵。但試手，補天裂！」（《賀新郎：同父見和，再用韻答之》，頁 201）如此橫天長嘯，震世英聲之「壯語」，平時則已難聞矣。

　　故知「鄉居閒適詞」與「退隱愁憤詞」是因稼軒退隱田園而產生的特殊詞作，出仕時期的作品，只有卷一，頁 17 的《好事近：西湖》是寫景詞，其餘皆無此二類作品，另外「節序詠懷、因景抒情詞」亦包括頗多退隱時的抒懷之作。綜言之，在詞人鄉居退隱中，凡以愁憤或消沈的語調抒寫個人情志受挫折打擊的憤恨和寥落的處境時，就是「退隱愁憤詞」；若以較冷靜的心情抒懷寄情時，就是「節序詠懷、因景抒情詞」，而當心境悠然超脫而能賞心觀景時，就是「鄉居閒適詞」。

　　為了更明確區分這三類詞作，以下對它們作簡要的綜合比較：

一、就詞題形式言

　　「節序詠懷、因景抒情詞」詞在創作大都有一種時間（節序）或空間（景物）的因緣，詞人因此觸發而為詞，如《太常引：建康中秋夜，為呂叔潛賦》：「一輪秋影轉金波，飛鏡又重磨。把酒問姮娥。被白髮，欺人奈何。　乘風好去，長空萬里，直下看山河。斫去桂婆娑，人道是，清光更多。」（頁 30）其結拍顯在諷刺政治之昏暗，小人之蔽明也，主旨指向國家政治之憂念，故為「大我」範疇之作品；又如《一剪梅：遊蔣山，呈葉丞相》：「獨立蒼茫醉不歸，日暮天寒，歸去來兮。探梅踏雪幾何時。今我來思，楊柳依依。　白石岡頭曲岸西，一片閒愁，芳草萋萋。多情山鳥不須啼。桃李無言，下自成蹊。」（頁 27，時年 35，前首亦同）則因寫景紀遊而抒發了羈旅鄉愁，屬「小我」之作。至於另外

兩類則多為自處時抒寫的，如《鷓鴣天：鵝湖歸，病起作》（頁153）；有時則為與人唱和作，如《念奴嬌：和信守王道夫席上韻》等。

二、就抒情風格言

「節序詠懷、因景抒情詞」詞最能普遍表現古代士大夫在人生奮鬥旅程中的得失悲歡、感時體物之情，流露其生命內涵與人生體會的深度。這種傳統承繼到辛棄疾、姜夔詞中，就表現了他們對理想、美善的追求，與人生苦樂際遇的悟解，態度是嚴肅的、冷靜的，或許情感帶入一點傷感，但基本上不是否定消極，亦非淒怨悲涼，如白石《角招》：「傷春似舊，蕩一點，春心如酒。寫入吳絲自奏，問誰識，曲中心，花前友。」雖有輕愁，更有心靈的美思執著，即本節前敘之「感懷深厚，傷而不怨」也，這是本論文對此類詞內容情感評判的標準，對節序詠懷之「懷」的體會。而「退隱愁憤詞」詞則是稼軒在政治上所受迫害冤抑的直接反映，即抒寫他受誣陷罷官難以釋懷的憤懣，對南宋腐敗自私的投降派官僚之諷刺，以及志意成空、閒廢老去的憂恨惆悵，故其情緒是相當負面的，傾向「悲怨淒涼」，表達上多用「激憤語」、「諷刺語」及「消沈語」。至於「鄉居閒適詞」則是他罷官退隱後的另一個情感與生活天地，是他力求安於田園生活，使心情和暢時所作；於是他可感受「想淵明，停雲詩就，此時風味」之佳興，寫「我見青山多撫媚，料青山見我應如是」的物我相歡；又乘暇翔遊鄉野，記述農村山居中的生活點滴。當然，詞人退隱田園並非主動的選擇，而是被罷黜的不得已，故常常心有感慨，不能平靜；然而帶湖、瓢泉優美的山光水色、淳樸濃郁的鄉村情誼及家居團聚的安祥和樂，總是對詞人有很大的撫慰作用，就算是大海也有風濤平息時，小小人心又豈能不在良辰花夜、柔情歡歌中得到歡愉暢適呢？故詞人雖常滿懷「悲歌慷慨、鬱抑無聊之氣」（黃梨莊語），卻也頗多風清月明、酒邊花下之「閒適語」，即「鄉居閒適詞」也。其中有屬個人抒情性的閒適詞、有旅遊紀行寫景詞，也有農村詞，都是圍繞著這個情感主題的。

三、就內容情景結構言

「節序詠懷、因景抒情詞」既重抒懷寫情，自然以「情」（情思、情懷）為主，「景」為賓。而「退隱愁憤詞」既為政治遭遇中的感憤失意，故已無心寫景，乃是以「情緒」為主。至於「鄉居閒適詞」類，因情感是閒淡的，眼光常注意外界的良辰美景，故以「景」為主，「情」為賓，此情為閒適之情，非感懷情思，亦非愁憤寂寥情緒。

上面把這三類詞作了比較說明，則本節到此，對稼軒與白石詞的內容分類項目已告一段落。綜合前面三小節所敘，可得到十五種詞作內容分類，其中後三種是稼軒特有的，而前十二種中，因姜夔以「友朋別離、題贈敘情」、「詠物」、「賀壽」及「懷古」等詞題所寫之詞都乏「大我」思想範疇，故姜夔的詞作分類項目就只剩八種，而辛棄疾則有十五種。

從風格而言，「愛國詞」與「愛情詞」本各屬豪放與婉約詞之天地，自不待言。其他部分，就稼軒而言，其以大我為範疇的「別情詞」、「賀壽詞」、「懷古詞」，風格都傾向豪放，與「豪放愛國詞」相似，故可稱此四類為「豪放形式的愛國詞」。至於以「節序詠懷、因景抒情」及「詠物」之詞題形式抒寫之大我情志，則常運用傳統婉約詞的素材與藝術方法——如比興、象徵，以景寓情（志），具有婉約的風格特徵，加上以大我為範疇的「退隱愁憤詞」，以悲情鬱抑之語暗寄大我之志，顯非豪放，具有委曲潛抑的抒情風格，和前二類詞有相似之處，應歸為同類，故此三類詞可稱之為「婉約形式的愛國詞」。其餘幾類，一般言，既非豪放慷慨，亦非婉約纖柔，很難確說是婉約或豪放，就是一種稼軒特有的風格，權且稱之為「稼軒體」，〔註8〕待後面再予探討。

而關於姜夔的詞作風格，筆者的初步看法是：除了豪放愛國詞以外，其他基本上都是婉約的，普遍流露姜夔婉約派詞人的創作特色，

〔註8〕此名見施議對《論稼軒體》一文，收於《辛棄疾研究論文集》（中國文聯出版公司）。

唯和辛棄疾詞，如《漢宮春》等，則較有豪邁之氣，當另外討論。

第二節　詞作內容概況

壹、各類詞作數目

　　本節中要說明對稼軒與白石全部詞作主旨分析的結果，爲了便於統計詞作數目及後面附表的表達，乃先在此提出前述各類詞作的代號，以阿拉伯數字表示；而當該類詞，有大、小兩種範疇的作品時，則於數字後加「（大）」或「（小）」以表現之。代號設計的方式，乃根據該類型內容或詞題涵義的諧聲聯想，分別是：1. 豪放愛國詞，筆者認爲愛國情感，雄放俊拔，境界最高，乃詞作中的統帥，且是辛棄疾的代表作，故以（1）標之。2.「鄉居閒適詞」及「節序詠懷、因景抒情類」，這二類是從其情景的內涵而聯想的，情景共兩種要素故爲（2）。前者只有景，故代號爲（2.1）；而後者既因「景」而抒「情」，故代號爲（2.2）。3.「友朋別離、題贈敘情類」，詞題重在「別離」上，而別離即分散也，故「散」諧「三」，以（3）爲代號。4.「婉約愛情詞」，這類詞內容主要寫男女相思，故「思」諧「四」，以（4）爲代號。5.「退隱愁憤詞」，這是詞人受挫折，被罷黜的愁怨失意之詞，情緒傾向悲觀消極，對政治，對人生都可能產生虛無的感覺，故以「無」諧聲，而以（5）爲代號。6.「詠物類」，這種詞題之內容多詠自然界的花草梅柳，而「柳」在姜夔詞中出現特別多，他又最擅詠物，故以「柳」爲物之代表而諧聲，代號爲（6）。7.「賀壽類」，爲長者祝賀慶壽，必不免爲之祝福「祈」福一番，下者則以之歌功頌德而「乞」憐得寵，故由「祈」、「乞」諧聲，自當以（7）爲代號。8.「懷古類」，懷古之詞皆登覽遠眺，見大地蒼茫，感懷古今而作，而（8）字既像亭台高疊之形，又像人直立遠望之貌，故以（8）爲代號。

　　以下就將辛、姜二人詞作內容分類代號及風格，以表格表示於下：

（一）辛棄疾詞內容分類表

詞作內容類型			詞作的詞題形式（兼含內容）							
			1	3	7	8	2.2	6	5	2.1	4
詞作內容的範疇	大我	豪放	1	3（大）	7（大）	8（大）					
		婉約					2.2（大）	6（大）	5（大）		
	小我	婉約									4
		稼軒體		3（小）	7（小）	8（小）	2.2（小）	6（小）	5（小）	2.1	

（二）姜夔詞內容分類表

詞作內容類型			詞作的詞題形式（兼含內容）						
			1	2.2	3	4	6	7	8
詞作內容的範疇	大我	豪放	1						
		婉約		2.2（大）					
	小我	婉約		2.2（小）	3（小）	4	6（小）	7（小）	8（小）

貳、各類詞作統計

以下將辛棄疾與姜夔之各類型詞作數目繪表列示之：

一、辛棄疾

表中卷次所代表的時期是：卷一、江、淮、兩湖之什，卷二、帶湖之什，卷三、七閩之什，卷四、瓢泉之什，卷五、作年莫考諸什，卷六、兩浙、鉛山諸什，卷七、補遺。

詞類 卷次	大　我							小　我							
	1	8	7	6	2.2	3	5	8	7	6	2.1	2.2	3	4	5
一	2	0	3	0	6	5	0	1	7	0	1	24	8	10	0
二	1	1	3	1	9	10	4	0	10	16	24	35	30	13	20

三	0	1	0	0	3	0	0	1	1	4	0	20	2	0	0
四	2	0	0	0	6	2	5	0	8	15	43	34	14	7	37
五	4	0	1	5	3	1	5	0	6	21	10	17	4	29	19
六	0	5	3	0	0	0	0	0	1	0	1	8	0	0	3
七	3	0	0	0	1	0	0	0	1	1	3	3	3	12	1
小計	12	10	10	6	28	18	14	2	34	57	82	141	61	71	80
總計					大我		98						小我		528
													全集		626

二、姜 夔

詞類	大	我	小			我		
	1	2.2	2.2	3	4	6	7	8
數量	1	2	27	3	23	19	7	2
總計	大我	3					小我	81
							全集	84

參、詞作主旨標示

　　以下將辛棄疾與姜夔的全部詞作標示其內容分類，表列於後（前為辛棄疾、後為姜夔。詞作各依鄧廣銘《稼軒詞編年箋注》及夏承燾《姜白石詞編年箋校》）。

稼軒詞作主旨分類表

卷一　江、淮、兩湖之什

調　　名	首　　　句	內容代號	頁　次
水調歌頭	千里渥洼種	大我 7	七
浣溪沙	儂是嶔崎可笑人	4	八
滿江紅	鵬翼垂空	1	九
念奴嬌	我來弔古	大我 8	一一
千秋歲	塞垣秋草	大我 7	一二
滿江紅	直節堂堂	小我 2.2	一四
又	照影溪梅	小我 2.2	一四

念奴嬌	晚風吹雨	小我 2.2	一五
好事近	日日過西湖	2.1	一七
新荷葉	人已歸來	小我 2.2	一七
又	春色如愁	小我 2.2	一九
感皇恩	春事到清明	小我 7	二〇
又	七十古來稀	小我 7	二一
聲聲慢	征埃成陣	大我 2.2	二二
木蘭花慢	老來情味減	大我 3	二三
西江月	秀骨青松不老	小我 7	二四
浣溪沙	梅子生時到幾回	小我 3	二六
水調歌頭	落日古城角	大我 3	二六
一剪梅	獨立蒼茫醉不歸	小我 2.2	二七
菩薩蠻	青山欲共高人語	小我 2.2	二九
洞仙歌	江頭父老	小我 7	二九
太常引	一輪秋影轉金波	大我 2.2	三〇
水龍吟	楚天千里清秋	大我 8	三一
摸魚兒	望飛來半空鷗鷺	大我 2.2	三三
八聲甘州	把江山好處付公來	小我 7	三四
酒泉子	流水無情	大我 8	三五
滿江紅	落日蒼茫	小我 2.2	三六
菩薩蠻	鬱孤臺下清江水	大我 8	三七
水調歌頭	造物故豪縱	小我 2.2	三九
滿江紅	漢水東流	大我 3	四一
水調歌頭	我飲不須勸	大我 3	四二
霜天曉角	吳頭楚尾	小我 2.2	四五
鷓鴣天	聚散匆匆不偶然	小我 3	四六
念奴嬌	野棠花落	4	四六
鷓鴣天	撲面征塵去路遙	小我 2.2	四八
水調歌頭	落日塞塵起	1	四八
滿江紅	過眼溪山	小我 2.2	五〇

南鄉子	欹枕艣聲邊	4	五一
南歌子	萬萬千千恨	4	五一
西江月	千丈懸崖削翠	小我 2.2	五二
破陣子	擲地劉郎玉斗	大我 7	五三
臨江仙	住世都知菩薩行	小我 7	五四
摸魚兒	更能消幾番風雨	大我 2.2	五五
水調歌頭	折盡武昌柳	小我 3	五七
滿江紅	笳鼓歸來	小我 8	五九
賀新郎	柳暗淩波路	大我 2.2	六三
滿江紅	可恨東君	小我 2.2	六四
阮郎歸	山前燈火欲黃昏	小我 2.2	六四
霜天曉角	暮山層碧	4	六五
減字木蘭花	盈盈淚眼	4	六五
滿庭芳	傾國無媒	大我 2.2	六六
又	急管哀絃	小我 2.2	六八
又	柳外尋春	小我 2.2	六九
滿江紅	天與文章	小我 2.2	七一
賀新郎	高閣臨江渚	小我 8	七二
木蘭花慢	漢中開漢業	大我 3	七三
昭君怨	長記瀟湘秋晚	小我 2.2	七四
水調歌頭	官事未易了	小我 2.2	七五
沁園春	三逕初成	小我 2.2	七六
又	佇立瀟湘	小我 3	七八
菩薩蠻	稼軒日向兒童說	小我 2.2	七九
蝶戀花	老去怕尋年少伴	小我 3	八〇
西河	西江水	小我 3	八〇
鷓鴣天	別恨粧成白髮新	小我 3	八二
又	樽俎風流有幾人	小我 3	八二
滿江紅	點火櫻桃	小我 2.2	八三
祝英臺近	寶釵分	4	八三

又	綠楊堤	4	八五
鷓鴣天	一片歸心擬亂雲	4	八五
又	困不成眠奈夜何	小我 2.2	八六
菩薩蠻	西風都是行人恨	4	八六

卷二　帶湖之什

調　　名	首　　句	內容代號	頁　　次
水調歌頭	帶湖吾甚愛	2.1	九九
又	寄我五雲字	小我 5	九九
又	白日射金闕	大我 5	一〇一
踏莎行	進退存亡	小我 2.2	一〇二
蝶戀花	點檢笙歌多釀酒	4	一〇三
又	淚眼送君傾似雨	小我 3	一〇四
又	小小年華才月半	4	一〇五
六么令	酒群花隊	小我 3	一〇五
又	倒冠一笑	小我 3	一〇七
太常引	君王著意履聲間	小我 7	一〇八
蝶戀花	洗盡機心隨法喜	2.1	一〇九
又	何物能令公怒喜	2.1	一〇九
水調歌頭	今日復何日	小我 2.2	一一〇
又	千古老蟾口	小我 5	一一一
又	君莫賦幽憤	小我 5	一一二
又	文字覷天巧	大我 2.2	一一五
小重山	旋製離歌唱未成	小我 3	一一六
滿江紅	瘴雨蠻煙	大我 3	一一六
洞仙歌	婆娑欲舞	小我 2.2	一一八
臨江仙	風雨催春寒食近	小我 5	一一八
水龍吟	渡江天馬南來	大我 7	一一九
滿江紅	蜀道登天	小我 3	一二一
蝶戀花	莫向樓頭聽漏點	小我 3	一二三

鷓鴣天	千丈陰崖百丈溪	小我 5	一二四
又	莫上扁舟訪剡溪	小我 6	一二五
水龍吟	玉皇殿閣微涼	大我 7	一二六
菩薩蠻	錦書誰寄相思語	小我 3	一二七
水調歌頭	萬事到白髮	小我 2.2	一二八
千年調	卮酒向人時	小我 5	一二九
南歌子	玄入參同契	小我 2.2	一三〇
杏花天	病來自是於春嬾	小我 5	一三一
水調歌頭	上界足官府	小我 7	一三二
念奴嬌	兔園舊賞	2.1	一三四
清平樂	遶牀飢鼠	大我 2.2	一三五
江神子	一川松竹任橫斜	小我 5	一三五
鷓鴣天	不向長安路上行	小我 2.2	一三六
醜奴兒	煙蕪露麥荒池柳	小我 2.2	一三七
又	少年不識愁滋味	小我 2.2	一三七
又	此生自斷天休問	小我 2.2	一三八
清平樂	柳邊飛鞚	2.1	一三八
醜奴兒近	千峰雲起	2.1	一三八
點絳脣	隱隱輕雷	小我 3	一三九
念奴嬌	近來何處	小我 5	一四〇
水龍吟	補陀大士虛空	2.1	一四一
山鬼謠	問何年	小我 2.2	一四二
生查子	溪邊照影行	小我 2.2	一四二
蝶戀花	九畹芳菲蘭佩好	大我 2.2	一四三
又	意態憨生元自好	小我 2.2	一四三
定風波	山路風來草木香	小我 5	一四四
又	仄月高寒水石鄉	小我 2.2	一四五
滿江紅	笑拍洪崖	小我 2.2	一四五
又	天上飛瓊	小我 2.2	一四六
念奴嬌	對花何似	小我 6	一四七

烏夜啼	江頭醉倒山公	2.1	一四九
又	人言我不如公	小我 2.2	一四九
鷓鴣天	白苧新袍入嫩涼	小我 3	一五〇
又	一榻清風殿影涼	2.1	一五一
又	春入平原薺菜花	2.1	一五二
又	翠木千尋上薜蘿	小我 5	一五二
又	枕簟溪堂冷欲秋	小我 5	一五三
又	著意尋春嬾便回	2.1	一五四
滿江紅	曲几蒲團	小我 3	一五四
清平樂	連雲松竹	2.1	一五五
又	斷崖脩竹	2.1	一五六
滿江紅	湖海平生	小我 3	一五六
洞仙歌	飛流萬壑	2.1	一五七
水龍吟	斷崖千丈孤松	小我 5	一五八
水調歌頭	上古八千歲	小我 7	一六〇
最高樓	長安道	小我 5	一六二
又	西園買	小我 6	一六二
菩薩蠻	紅牙籤上群仙格	小我 6	一六三
生查子	昨宵醉裏行	小我 2.2	一六四
又	誰傾滄海珠	小我 2.2	一六四
西江月	宮粉厭塗嬌額	小我 6	一六五
八聲甘州	故將軍飲罷夜歸來	大我 5	一六五
昭君怨	夜雨剪殘春韭	小我 3	一六七
臨江仙	莫向空山吹玉笛	小我 2.2	一六七
又	鍾鼎山林都是夢	小我 3	一六九
菩薩蠻	無情最是江頭柳	小我 3	一六九
蝶戀花	衰草斜陽三萬頃	小我 3	一七〇
鵲橋仙	小窗風雨	大我 3	一七〇
滿江紅	塵土西風	小我 3	一七一
朝中措	籃輿嫋嫋破重岡	小我 2.2	一七一

鷓鴣天	木落山高一夜霜	小我 3	一七二
又	水底明霞十頃光	2.1	一七二
念奴嬌	少年橫槊	大我 2.2	一七三
水龍吟	稼軒何必長貧	小我 2.2	一七五
又	被公驚倒瓢泉	大我 5	一七六
江神子	玉簫聲遠憶驂鸞	4	一七七
又	寶釵飛鳳鬢驚鸞	4	一七八
永遇樂	紫陌長安	小我 3	一七九
滿江紅	快上西樓	大我 2.2	一八〇
聲聲慢	開元盛日	小我 6	一八一
賀新郎	雲臥衣裳冷	小我 6	一八二
江神子	梅梅柳柳鬥纖穠	4	一八三
又	臘雲殘日弄陰晴	大我 2.2	一八三
又	梨花著雨晚來晴	小我 2.2	一八四
朝中措	綠萍池沼絮飛忙	4	一八五
鷓鴣天	唱徹陽關淚未乾	小我 3	一八五
又	晚日寒鴉一片愁	4	一八六
定風波	少日春懷似酒濃	小我 2.2	一八六
菩薩蠻	香浮乳酪玻璃碗	大我 6	一八六
鵲橋仙	朱顏暈酒	小我 7	一八七
踏歌	攧厥	4	一八八
青玉案	東風夜放花千樹	4 青玉案	一八八
小重山	倩得薰風染綠衣	小我 6	一八九
臨江仙	老去惜花心已嬾	小我 6	一九〇
一落索	羞見鑑鸞孤卻	4	一九〇
清平樂	茅簷低小	2.1	一九〇
好事近	醫者索酬勞	4	一九一
清平樂	靈皇醮罷	2.1	一九二
鵲橋仙	八旬慶會	小我 7	一九二
蝶戀花	誰向椒盤簪綵勝	大我 2.2	一九三

水調歌頭	寒食不小住	大我 3	一九三
滿江紅	莫折荼蘼	小我 3	一九五
沁園春	老子平生	大我 5	一九六
賀新郎	把酒長亭說	小我 3	一九八
又	老大那堪說	大我 3	一九八
又	細把君詩說	大我 3	二〇三
破陣子	醉裏挑燈看劍	1	二〇四
水調歌頭	頭白齒牙缺	小我 5	二〇五
卜算子	剛者不堅牢	小我 5	二〇六
最高樓	相思苦	小我 3	二〇七
水調歌頭	酒罷且勿起	小我 3	二〇八
鵲橋仙	松岡避暑	2.1	二一〇
滿江紅	絕代佳人	大我 3	二一〇
御街行	山城甲子冥冥雨	小我 3	二一一
又	闌干四面山無數	2.1	二一二
卜算子	欲行且起行	小我 5	二一三
歸朝歡	萬里康成西走蜀	小我 5	二一三
玉樓春	悠悠莫向文山去	小我 2.2	二一五
聲聲慢	東南形勝	小我 3	二一六
玉樓春	往年龍嵷堂前路	小我 3	二一七
水調歌唱	日月如磨蟻	大我 3	二一八
柳梢青	姚魏名流	小我 6	二一九
謁金門	遮素月	小我 2.2	二一九
又	山吐月	小我 2.2	二二〇
定風波	聽我尊前醉後歌	小我 3	二二〇
醉翁操	長松之風	小我 3	二二一
踏莎行	夜月樓臺	小我 2.2	二二三
鷓鴣天	夢斷京華故倦遊	小我 3	二二三
又	趁得春風汗漫游	4	二二四
菩薩蠻	送君直上金鑾殿	小我 3	二二五

定風波	春到蓬壺特地晴	4	二二六
念奴嬌	倘來軒冕	大我 2.2	二二六
又	道人元是	小我 6	二二七
又	洞庭春晚	小我 6	二二八
瑞鶴仙	黃金堆到斗	小我 7	二二九
水調歌頭	相公倦台鼎	大我 3	二三〇
清平樂	此身長健	大我 7	二三一
一落索	錦帳如雲處	小我 6	二三二
虞美人	翠屏羅幙遮前後	小我 7	二三三
又	一杯莫落他人後	小我 3	二三四
又	夜深困倚屏風後	4	二三四
好事近	綵勝鬥華燈	小我 2.2	二三五
念奴嬌	風狂雨橫	小我 5	二三六
最高樓	金閨老	小我 7	二三六
水調歌頭	萬事幾時足	小我 2.2	二三八
浣溪沙	臺倚崩崖玉滅瘢	2.1	二三九
又	妙手都無斧鑿瘢	2.1	二四〇
漁家傲	道德文章傳幾世	小我 7	二四〇
鵲橋仙	豸冠風采	小我 7	二四一
沁園春	有美人兮	大我 2.2	二四二
又	我試評君	小我 3	二四三
又	我醉狂吟	大我 2.2	二四四
江神子	暗香橫路雪垂垂	小我 6	二四五
朝中措	年年團扇怨秋風	小我 2.2	二四五
清平樂	少年痛飲	小我 6	二四六
又	清泉犇快	小我 2.2	二四六
水龍吟	倚欄看碧成朱	小我 6	二四七
生查子	青山招不來	小我 2.2	二四八
又	青山非不佳	2.1	二四九
浣溪沙	寸步人間百尺樓	小我 2.2	二四九

鷓鴣天	句裏春風正剪裁	2.1	二五〇
西江月	明月別枝驚鵲	2.1	二五〇
金菊對芙蓉	遠水生光	大我 2.2	二五一

卷三 七閩之什

調　　名	首　　句	內容代號	頁　　次
浣溪沙	細聽春山杜宇啼	小我 2.2	二五七
臨江仙	記取年年爲壽客	小我 2.2	二五七
水調歌頭	說與西湖客	大我 2.2	二五八
賀新郎	翠浪吞平野	小我 8	二六〇
又	覓句如東野	小我 2.2	二六一
又	碧海桑成野	大我 2.2	二六三
小重山	綠漲連雲翠拂空	小我 2.2	二六四
添字浣溪沙	記得瓢泉快活時	小我 2.2	二六四
西江月	貪數明朝重九	小我 2.2	二六五
水調歌頭	長恨復長恨	小我 2.2	二六六
鷓鴣天	拋卻山中詩酒窠	小我 2.2	二六七
西江月	風月亭危致爽	小我 2.2	二六七
又	且對東君痛飲	小我 2.2	二六八
滿江紅	漢節東南	小我 2.2	二六九
鷓鴣天	指點齋尊特地開	小我 2.2	二七一
菩薩蠻	旌旗依舊長亭路	小我 2.2	二七一
定風波	少日猶堪話別離	小我 3	二七一
又	莫望中州歎黍離	大我 2.2	二七二
又	金印纍纍佩陸離	小我 2.2	二七二
滿江紅	宿酒醒時	小我 3	二七三
鷓鴣天	點盡蒼苔色欲空	小我 2.2	二七四
又	病繞梅花酒不空	小我 6	二七五
又	桃李漫山過眼空	小我 6	二七五
行香子	好雨當春	小我 2.2	二七六

水調歌頭	木末翠樓出	小我 2.2	二七七
最高樓	吾衰矣	小我 2.2	二七八
清平樂	詩書萬卷	小我 7	二八〇
瑞鶴仙	雁霜寒透幕	小我 6	二八〇
念奴嬌	疏疏淡淡	小我 6	二八一
水龍吟	舉頭西北浮雲	大我 8	二八二
瑞鶴仙	片帆何太急	小我 2.2	二八三
柳梢青	白鳥相迎	小我 2.2	二八四

卷四 瓢泉之什

調　名	首　　句	內容代號	頁　次
沁園春	一水西來	小我 5	二九七
浣溪沙	壽酒同斟喜有餘	小我 7	二九八
祝英臺近	水縱橫	2.1	二九九
水龍吟	聽兮清珮瓊瑤些	小我 5	三〇〇
蘭陵王	一丘壑	大我 2.2	三〇一
卜算子	一飲動連宵	小我 5	三〇二
又	一箇去學仙	小我 5	三〇二
又	盜跖儻名丘	小我 5	三〇三
鷓鴣天	莫殢春光花下遊	小我 2.2	三〇四
添字浣溪沙	豔杏妖桃兩行排	2.1	三〇四
又	句裏明珠字字排	2.1	三〇五
歸朝歡	山下千林花太俗	小我 2.2	三〇五
沁園春	疊幛西馳	小我 2.2	三〇六
南歌子	散髮披襟處	2.1	三〇七
玉樓春	客來底事逢迎晚	小我 5	三〇八
賀新郎	逸氣軒眉宇	大我 2.2	三〇八
浣溪沙	新葺茆簷次第成	2.1	三一〇
水調歌頭	我亦卜居者	大我 2.2	三一一
沁園春	杯汝來前	小我 2.2	三一二

又	杯汝知乎	小我 2.2	三一三
添字浣溪沙	總把平生入醉鄉	2.1	三一五
又	楊柳溫柔是故鄉	2.1	三一五
臨江仙	一自酒情詩興嬾	4	三一六
又	夜語南堂新瓦響	2.1	三一六
又	窄樣金杯教換了	小我 2.2	三一七
鷓鴣天	一夜清霜變鬢絲	4	三一八
謁金門	歸去未	4	三一八
醜奴兒	尋常中酒扶頭後	4	三一九
臨江仙	憶醉三山芳樹下	小我 6	三一九
又	冷雁寒雲渠有恨	2.1	三二〇
鷓鴣天	是處移花是處開	2.1	三二〇
臨江仙	祇恐牡丹留不住	小我 6	三二一
玉樓春	何人半夜推山去	2.1	三二二
又	青山不解乘雲去	2.1	三二二
又	無心雲自來還去	2.1	三二三
又	瘦筇倦作登高去	大我 2.2	三二三
水調歌頭	高馬勿捶面	小我 5	三二四
踏莎行	吾道悠悠	大我 2.2	三二五
念奴嬌	為沽美酒	小我 2.2	三二六
漢宮春	行李溪頭	小我 5	三二七
驀山溪	飯蔬飲水	小我 5	三二七
鷓鴣天	萬事紛紛一笑中	小我 5	三二八
清平樂	雲煙草樹	2.1	三二九
滿庭芳	西崦斜陽	小我 5	三二九
滿江紅	我對君侯	小我 7	三三〇
聲聲慢	停雲靄靄	小我 2.2	三三一
永遇樂	投老空山	小我 5	三三二
浣溪沙	草木於人也作疏	小我 6	三三三
臨江仙	偶向停雲堂上坐	小我 5	三三四

驀山溪	小橋流水	2.1	三三四
最高樓	君聽取	小我 2.2	三三五
南鄉子	無處著春光	2.1	三三六
鷓鴣天	老退何曾說著官	小我 2.2	三三七
木蘭花慢	舊時樓上客	小我 5	三三七
賀新郎	甚矣吾衰矣	大我 5	三三八
又	鳥倦飛還矣	2.1	三三九
又	下馬東山路	大我 5	三四〇
哨遍	蝸角鬥爭	小我 5	三四二
又	一壑自專	小我 2.2	三四四
菩薩蠻	葛巾自向滄浪濯	小我 2.2	三四五
蘭陵王	恨之極	小我 5	三四六
六州歌頭	晨來問疾	小我 2.2	三四七
添字浣溪沙	彊欲加餐竟未佳	小我 5	三四八
沁園春	甲子相高	小我 7	三四九
又	我見君來	2.1	三五〇
鷓鴣天	掩鼻人間臭腐場	2.1	三五一
又	翰墨諸公久擅場	小我 5	三五二
又	誰共春光管日華	2.1	三五二
新荷葉	曲水流觴	小我 2.2	三五三
又	曲水流觴	2.1	三五四
水調歌頭	喚起子陸子	小我 2.2	三五四
又	我志在寥闊	小我 2.2	三五六
破陣子	宿麥畦中雉鷕	小我 5	三五七
鷓鴣天	石壁虛雲積漸高	2.1	三五八
又	歎息頻年廩未高	小我 5	三五八
又	秋水長廊水石間	小我 2.2	三五九
又	上巳風光好放懷	小我 7	三五九
賀新郎	路入門前柳	小我 5	三六〇
又	肘後俄生柳	小我 5	三六一

水調歌頭	歲歲有黃菊	2.1	三六二
念奴嬌	未須草草	小我 6	三六三
又	是誰調護	小我 6	三六四
滿江紅	半山佳句	小我 6	三六五
水調歌頭	萬事一杯酒	大我 5	三六六
浣溪沙	花向今朝粉面匀	小我 2.2	三六七
又	歌串如珠箇箇匀	2.1	三六八
又	父老爭言雨水匀	2.1	三六八
婆羅門引	落花時節	小我 3	三六九
又	綠陰啼鳥	小我 3	三六九
又	龍泉佳處	1	三七○
又	不堪鶗鴂	小我 2.2	三七一
念奴嬌	龍山何處	小我 2.2	三七二
又	君詩好處	小我 3	三七三
最高樓	花知否	小我 6	三七四
又	花好處	小我 6	三七五
歸朝歡	我笑共工緣底怒	大我 2.2	三七五
鵲橋仙	少年風月	小我 2.2	三七六
上西平	恨如新	小我 3	三七七
錦帳春	春色難留	小我 2.2	三七七
浣溪沙	這裏裁詩話別離	小我 3	三七八
玉蝴蝶	古道行人來去	小我 3	三七八
又	貴賤偶然渾似	小我 2.2	三七九
玉樓春	少年才把笙歌盞	小我 5	三八○
又	狂歌擊碎村醪盞	小我 5	三八一
又	君如丸醞臺粘盞	小我 5	三八一
感皇恩	案上數編書	小我 2.2	三八二
賀新郎	曾與東山約	小我 2.2	三八三
又	拄杖重來約	小我 5	三八四
又	聽我三章約	小我 5	三八五

生查子	高人千丈崖	小我 5	三八七
夜游宮	幾箇相知可喜	小我 5	三八七
雨中花慢	舊雨常來	大我 5	三八八
又	馬上三年	小我 2.2	三八九
浪淘沙	金玉舊情懷	小我 3	三九一
江神子	看君人物漢西都	小我 3	三九一
行香子	少日嘗聞	2.1	三九二
鷓鴣天	壯歲旌旗擁萬夫	1	三九二
哨遍	池上主人	小我 5	三九四
新荷葉	種豆南山	2.1	三九七
又	物盛還衰	2.1	三九七
婆羅門引	落星萬點	小我 2.2	三九八
卜算子	一以我爲牛	小我 2.2	三九九
又	夜雨醉瓜廬	2.1	三九九
又	珠玉作泥沙	2.1	四〇〇
又	千古李將軍	小我 5	四〇〇
又	百郡怯登車	小我 2.2	四〇一
又	萬里籋浮雲	小我 5	四〇二
定風波	百紫千紅過了春	小我 6	四〇二
又	野草閑花不當春	小我 6	四〇三
粉蝶兒	昨日春如十三女兒學繡	小我 6	四〇三
生查子	漫天春雪來	小我 6	四〇四
菩薩蠻	看燈元是菩提葉	小我 2.2	四〇四
水調歌頭	十里深窈窕	2.1	四〇五
念奴嬌	看公風骨	小我 7	四〇六
喜遷鶯	暑風涼月	大我 6	四〇七
洞仙歌	舊交貧賤	大我 5	四〇八
江神子	五雲高處望西清	2.1	四〇九
西江月	一柱中擎遠碧	2.1	四一〇
破陣子	菩薩叢中惠眼	4	四一一

西江月	八萬四千偈後	大我 2.2	四一一
太常引	論公耆德舊宗英	小我 7	四一二
滿江紅	老子平生	2.1	四一二
又	兩峽嶄巖	2.1	四一三
鷓鴣天	綠鬢都無白髮侵	2.1	四一四
菩薩蠻	游人占卻巖中屋	2.1	四一四
又	君家玉雪花如屋	2.1	四一五
行香子	雲岫如簪	2.1	四一六
洞仙歌	松關桂嶺	2.1	四一七
千年調	左手把青霓	小我 2.2	四一八
臨江仙	莫笑吾家蒼壁小	大我 2.2	四一九
柳梢青	莫鍊丹難	小我 2.2	四二〇
臨江仙	六十三年無限事	小我 5	四二一
又	醉帽吟鞭花不住	2.1	四二一
又	鼓子花開春爛熳	小我 5	四二二
水龍吟	只愁風雨重陽	小我 3	四二二
鷓鴣天	泉上長吟我獨清	小我 6	四二三
賀新郎	濮上看垂釣	小我 2.2	四二四
鷓鴣天	欹枕婆沙兩鬢霜	小我 3	四二五
江神子	亂雪擾擾水潺潺	小我 3	四二六
定風波	昨夜山公倒載歸	4	四二七
南鄉子	日日老萊衣	小我 3	四二八
賀新郎	綠樹聽鵜鴃	大我 3	四二九
永遇樂	烈日秋霜	大我 3	四三一
西江月	萬事雲煙忽過	小我 5	四三二
鷓鴣天	莫避春陰上馬遲	小我 3	四三三
行香子	歸去來兮	小我 5	四三三
感皇恩	富貴不須論	小我 7	四三四
醜奴兒	鵝湖山下長亭路	小我 3	四三五
又	年年索盡梅花笑	小我 6	四三五

調　名	首　句	內容代號	頁　次
臨江仙	手種門前烏桕樹	小我 7	四三五
瑞鷓鴣	期思溪上日千回	小我 2.2	四三六
河瀆神	芳草綠萋萋	4	四三六
鷓鴣天	山上飛泉萬斛珠	2.1	四三七

卷五　作年莫考諸什

調　名	首　句	內容代號	頁　次
賀新郎	著厭霓裳素	小我 6	四四九
又	鳳尾龍香撥	大我 6	四四九
念奴嬌	江南盡處	2.1	四五一
沁園春	有酒忘杯	小我 5	四五一
水調歌頭	四座且勿語	小我 5	四五二
又	淵明最愛菊	2.1	四五三
滿江紅	美景良辰	大我 5	四五四
又	家住江南	4	四五五
又	敲碎離愁	4	四五五
又	倦客新豐	大我 2.2	四五五
又	風捲庭梧	大我 2.2	四五七
又	幾箇輕鷗	2.1	四五七
木蘭花慢	路旁人怪問	2.1	四五八
又	可憐今夕月	大我 2.2	四五九
水龍吟	昔時曾有佳人	小我 2.2	四五九
又	老來曾識淵明	1	四六一
永遇樂	怪底寒梅	小我 6	四六一
一枝花	千丈擎天手	大我 5	四六二
漢宮春	春已歸來	大我 2.2	四六三
洞仙歌	冰姿玉骨	小我 6	四六三
江神子	簟鋪湘竹帳籠紗	小我 5	四六四
又	兩輪屋角走如梭	小我 7	四六五
感皇恩	七十古來稀	小我 7	四六五

行香子	白露園蔬	2.1	四六六
一剪梅	憶對中秋丹桂叢	4	四六六
又	記得同燒此夜香	4	四六七
踏莎行	弄影闌干	小我 6	四六七
破陣子	少日春風滿眼	小我 3	四六七
臨江仙	小醫人憐都惡瘦	4	四六八
又	逗曉鶯啼聲昵昵	4	四六八
又	春色饒君白髮了	4	四六八
又	金谷無煙宮樹綠	4	四六九
又	手撚黃花無意緒	4	四六九
又	老去渾身無著處	小我 5	四七〇
蝶戀花	燕語鶯啼人乍遠	4	四七〇
南鄉子	隔戶語春鶯	4	四七一
又	好箇主人家	4	四七一
鷓鴣天	陌上柔桑破嫩芽	2.1	四七二
又	戲馬臺前秋雁飛	小我 2.2	四七二
又	有甚閒愁可皺眉	小我 5	四七三
又	漠漠輕陰撥不開	2.1	四七三
又	千丈冰溪百步雷	2.1	四七四
又	雞鴨成群晚未收	2.1	四七四
又	水荇參差動綠波	小我 5	四七四
又	自古高人最可嗟	小我 5	四七五
又	出處從來自不齊	小我 5	四七五
又	晚歲躬耕不怨貧	2.1	四七六
又	髮底青青無限春	大我 5	四七七
又	老病那堪歲月侵	小我 5	四七七
又	占斷雕欄只一株	小我 6	四七九
又	翠蓋牙籤幾百株	大我 6	四七九
又	濃紫深黃一畫圖	小我 6	四七九
又	去歲君家把酒杯	小我 6	四八〇

又	欲上高樓去避愁	大我 6	四八〇
玉樓春	山行日日妨風雨	2.1	四八一
又	人間反覆成雲雨	小我 5	四八一
又	風前欲勸春光住	小我 5	四八二
又	三三兩兩誰家女	2.1	四八三
又	有無一理誰差別	大我 5	四八三
又	琵琶亭畔多芳草	小我 6	四八四
鵲橋仙	溪邊白鷺	小我 6	四八四
又	風流標格	4	四八五
又	轎兒排了	4	四八五
西江月	膩欲讀書已嬾	小我 2.2	四八五
又	金粟如來出世	小我 6	四八六
又	醉裏且貪歡笑	小我 5	四八六
又	粉面都成醉夢	小我 5	四八七
又	人道偏宜歌舞	4	四八七
朝中措	夜深殘月過山房	小我 5	四八八
又	年年黃菊豔秋風	大我 7	四八八
又	年年金蕊豔西風	小我 7	四八八
清平樂	月明秋曉	小我 6	四八九
又	東園向曉	小我 6	四八九
又	清詞索笑	4	四九〇
又	溪回沙淺	小我 6	四九〇
又	春宵睡重	4	四九〇
好事近	明月到今宵	小我 2.2	四九一
又	和淚唱陽關	小我 3	四九一
又	雲氣上林梢	小我 5	四九二
菩薩蠻	江搖病眼昏如霧	4	四九二
又	功名飽聽兒童說	1	四九二
又	人間歲月堂堂去	小我 3	四九三
又	阮琴斜挂香羅綬	小我 6	四九四

又	萬金不換囊中術	小我 3	四九四
又	淡黃弓樣鞋兒小	4	四九五
又	畫樓影蘸清溪水	4	四九五
卜算子	脩竹翠羅寒	小我 2.2	四九六
又	紅粉靚梳粧	小我 6	四九六
醜奴兒	晚來雪淡秋光薄	小我 5	四九七
又	近來愁似天來大	小我 5	四九七
浣溪沙	未到山前騎馬回	小我 5	四九七
又	百世孤芳肯自媒	小我 6	四九八
添字浣溪沙	日日閒看燕子飛	小我 2.2	四九八
又	酒面低迷翠被重	小我 6	四九九
虞美人	群花泣盡朝來露	小我 6	四九九
又	當年得意如芳草	大我 6	五〇〇
浪淘沙	身世酒杯中	小我 5	五〇〇
又	不肯過江東	大我 6	五〇一
減字木蘭花	僧窗夜雨	小我 2.2	五〇二
又	昨朝官告	小我 7	五〇二
南歌子	世事從頭減	小我 2.2	五〇二
醉太平	態濃意遠	4	五〇三
太常引	仙機似欲織纖羅	小我 6	五〇三
東坡引	玉纖彈舊怨	4	五〇四
又	君如梁上燕	4	五〇四
又	花梢紅未足	4	五〇四
戀繡衾	夜長偏冷添被兒	4	五〇五
杏花天	牡丹昨夜方開遍	小我 2.2	五〇五
又	牡丹比得誰顏色	大我 6	五〇六
唐河傳	春水千里	2.1	五〇七
醉花陰	黃花漫說年年好	小我 7	五〇七
品令	更休說	小我 7	五〇八
惜分飛	翡翠樓前芳草路	小我 2.2	五〇八

武陵春	桃李風前多嫵媚	2.1	五〇九
又	走去走來三百里	4	五〇九
點絳唇	身後虛名	小我5	五一〇
生查子	去年燕子來	2.1	五一〇
又	梅子褪花時	2.1	五一一
又	百花頭上開	小我6	五一一
尋芳草	有得許多淚	4	五一二
昭君怨	人面不如花面	4	五一三
烏夜啼	晚花露葉風條	4	五一三
如夢令	燕子幾曾歸去	小我6	五一四
憶王孫	登山臨水送將歸	小我3	五一四
糖多令	淑景鬥清明	2.1	五一四

卷六　雨浙、鉛山諸什

調　名	首　句	內容代號	頁　次
浣溪沙	北隴田高踏水頻	2.1	五一九
漢宮春	秦望山頭	大我8	五一九
又	亭上秋風	大我8	五二一
又	心似孤僧	小我2.2	五二三
又	達則青雲	小我2.2	五二四
上西平	九衢中	小我2.2	五二五
瑞鷓鴣	膠膠擾擾幾時休	小我2.2	五二五
滿江紅	紫陌飛塵	小我2.2	五二六
西江月	畫棟新垂簾幙	小我7	五二六
永遇樂	千古江山	大我8	五二七
南鄉子	何處望神州	大我8	五三〇
瑞鷓鴣	暮年不賦短長詞	小我2.2	五三〇
又	聲名少日畏人知	小我2.2	五三一
生查子	悠悠萬世功	大我8	五三二
玉樓春	江頭一帶斜陽樹	小我5	五三三

瑞鷓鴣	江頭日日打頭風	小我 5	五三三
六州歌頭	西湖萬頃	大我 7	五三四
西江月	堂上謀臣帷幄	大我 7	五三六
清平樂	新來塞北	大我 7	五三六
歸朝歡	見說岷峨千古雪	小我 2.2	五三八
洞仙歌	賢愚相去	小我 5	五四〇

卷七　補遺

調　名	首　　句	內容代號	頁　次
生查子	一天霜月明	小我 2.2	五四三
滿江紅	老子當年	小我 2.2	五四三
菩薩蠻	與君欲赴西樓約	小我 2.2	五四三
一剪梅	塵灑衣裾客路長	4	五四四
又	歌罷尊空月墜西	4	五四四
念奴嬌	西眞姊妹	4	五四四
又	妙齡秀發	小我 3	五四五
又	論心論相	1	五四六
江城子	留仙初試砑羅裙	4	五四七
惜奴嬌	風骨蕭然	4	五四八
眼兒媚	煙花叢裏不宜他	4	五四八
如夢令	韻勝仙風縹緲	4	五四九
鷓鴣天	剪燭西窗夜未闌	小我 3	五四九
踏莎行	萱草齊階	4	五四九
口口口	鴛未老	4	五五〇
謁金門	山共水	小我 3	五五〇
好事近	春動酒旗風	2.1	五五〇
又	花月賞心天	2.1	五五一
又	春意滿西湖	2.1	五五一
水調歌頭	客子久不到	1	五五一
又	泰嶽倚空碧	小我 7	五五二

賀新郎	世路風波惡	1	五五三
漁家傲	風月小齋模畫舫	小我 5	五五四
霜天曉角	雪堂遷客	大我 2.2	五五四
蘇武慢	帳暖金絲	小我 2.2	五五五
綠頭鴨	歎飄零	4	五五六
烏夜啼	江頭三月清明	4	五五七
品令	迢迢征路	4	五五七

白石詞作主旨分類表

卷一　揚州、湘中、沔鄂詞十一首

調　　名	內容代號	頁　　次
揚州慢	大 2.2	一
一萼紅	小 2.2	三
霓裳中序第一	小 2.2	五
湘月	小 2.2	八
清波引	小 2.2	一一
八歸	小 3	一三
小重山令	4	一三
眉嫵	4	一四
浣溪沙	4	一六
探春慢	小我 3	一七
翠樓吟	大我 2.2	一八

卷二　金陵、吳興、吳松詞十首

調　　名	內容代號	頁　　次
踏莎行	4	二〇
杏花天影	4	二〇
惜紅衣	小我 2.2	二一

調　　名	內容代號	頁　　次
石湖仙	小我 7	二三
點絳唇	小我 2.2	二五
夜行船	小我 2.2	二七
浣溪沙	小我 2.2	二七
琵琶仙	4	二八
鷓鴣天	4	二九
念奴嬌	小我 2.2	三〇

卷三　合肥、金陵、蘇州詞十三首

調　　名	內容代號	頁　　次
浣溪沙	4	三二
滿江紅	小我 7	三二
淡黃柳	小我 2.2	三五
長亭怨慢	4	三六
醉吟商小品	4	三七
摸魚兒	4	四〇
淒涼犯	小我 2.2	四一
秋宵吟	4	四四
點絳唇	4	四五
解連環	4	四六
玉梅令	小我 6	四七
暗香	4	四八
疏影	小我 6	四八

卷四　越中、杭州、吳松、梁溪詞十四首

調　　名	內容代號	頁　　次
水龍吟	4	五二
玲瓏四犯	小我 2.2	五二
鶯聲繞紅樓	小我 6	五三
角招	小我 2.2	五四
鷓鴣天	小我 7	五六

調　　名	內容代號	頁　　次
阮郎歸	小我 7	五七
又	小我 7	五八
齊天樂	小我 6	五八
慶宮春	小我 2.2	六○
江梅引	4	六三
鬲溪梅令	4	六四
浣溪沙	小我 6	六四
又	小我 6	六五
浣溪沙	小我 2.2	六六

卷五　杭州、越中、華亭、括蒼、永嘉詞二十四首

調　　名	內容代號	頁　　次
鷓鴣天	小我 2.2	六七
又	小我 2.2	六七
又	小我 2.2	六八
又	4	六九
又	小我 2.2	七○
月下笛	4	七○
喜遷鶯慢	小我 7	七一
徵招	小我 2.2	七三
驀山溪	小我 2.2	八四
漢宮春	小我 2.2	八六
又	小我 2.2	八七
洞仙歌	小我 6	八八
念奴嬌	小我 2.2	八九
永遇樂	1	九○
虞美人	小我 8	九二
水調歌頭	小我 8	九四
卜算子（八首）	小我 6	九五

卷六　不編年十二首——序次依陶鈔

調　　名	內容代號	頁　　次
好事近	小我 6	九九
虞美人	小我 6	九九
又	小我 6	一〇〇
憶王孫	4	一〇〇
少年遊	4	一〇〇
訴衷情	小我 2.2	一〇一
念奴嬌	小我 6	一〇二
法曲獻仙音	小我 2.2	一〇二
側犯	小我 6	一〇三
小重山令	小我 7	一〇四
蕊山溪	4	一〇五
永遇樂	小我 2.2	一〇五

第五章　稼軒、白石詞內容比較

第一節　豪放愛國詞

　　在前一章的分析中，提出了將愛國詞依風格之不同分成「豪放的」與「婉約的」兩類，本節即論述「豪放」類，它共含四類詞作：即直接抒寫的愛國詞（1 類）和三類以大我爲內容範疇的「友朋別離詞」（3（大）類）、「賀壽詞」（7（大）類）、「懷古詞」（8（大）類）。稼軒此四類作品各爲 12 首、18 首、10 首、10 首，合計 50 首，佔全部詞作約十二分之一。白石則只有 1 類 1 首。

　　由這個數據已強烈表現稼軒與白石創作內涵的極大差異，事實上，白石大我範疇之作，包括豪放與婉約兩種風格也不過 3 首，其數量比率遠不及稼軒，顯然白石的詞作思想內涵是傾向個人的，不管是羈旅漂泊之感、愛情的眷戀、賞景詠物、爲人慶賀，甚至登臨懷古，都是圍繞著個人的苦樂悲歡。由這結果看，白石確實是走著傳統婉約派的創作路線，具有婉約派詞人的精神與審美特質，雖然他還有許多流露家國之思的詞，如壽湖姥的《滿江紅》云：「卻笑英雄無好手，一篙春水走曹瞞。」就有英雄之氣和國家情意的感發；吳興賞荷的《惜紅衣》云：「維舟試望，故國渺天北。」頗有故國之思；送友詞《八歸》云：「最可惜一片江山，總付與啼鴂。」似感懷山河淪落也；越

中遊覽的《徵招》云：「去得幾何時，黍離離如此。」則用《王風‧黍離》詩，有傷國之情；《漢宮春：次韻稼軒蓬萊閣》云：「大夫仙去，笑人間，千古須臾。」有今古興亡之感。這些詞都有家國之情，卻為何不視為愛國之作呢？蓋依本論文的主旨判斷方法：凡其情感、氣勢不足為詞之主力時，雖有出現這樣的情意，卻不得視為這樣的類型的作品；因為主旨只有一個，要給最重要的內容。

由白石這種創作表現，我們亦可推衍出南宋豪放派詞人，如張孝祥、陸游、辛棄疾等與婉約派詞人，如姜夔、吳文英、張炎、王沂孫的愛國思想和表現的差異。就發生的本源言，愛國情感乃產生自憂民之情，蓋有德君子推廣其愛心於與我有血源、文化關係之人群，必不忍見其苦難、危險，這就是份民族之愛、憂民之情；而國為民族之聚合，君為國之代表，乃多以「愛國」、「忠君」名此大我之情。南宋愛國詞人如趙鼎、辛棄疾、岳飛等人，其精神之卓越不凡處，正由於他們乃是將愛國情感激盪為一股報國壯志，而以風雲激湧的文字表現，以慷慨偉烈的行動實現，即他們已將內在愛國之情提昇到「實踐」的層次，如此才堪稱為「豪放派詞人」也。

至於婉約派者，如南渡的李清照、朱敦儒、向子諲，及後來的姜夔、王沂孫等人，雖亦作愛國詞，但只能寫出一份憂國傷時的情思，風格婉變，感人落淚，卻不足激盪人之愛國氣概也，如：

中原亂，簪纓散，幾時收。試倩悲風吹淚，過揚州。（朱敦儒《相見歡》）

中州盛日，閨門多暇，記得偏重三五，鋪翠冠兒，撚金雪柳，簇帶爭濟楚。如今憔悴，風鬟霧鬢，怕見夜間出去。不如向簾兒底下，聽人笑語。（李清照《永遇樂》）

一舸清風何處，把秦山、晉水，分貯詩囊。鬢已飄蕭，休問歲晚空江。（張炎《聲聲慢》）

一襟餘恨宮魂斷，年年翠陰庭樹。……銅仙鉛淚似洗，歎移盤去遠，難貯零露。（王沂孫《齊天樂》）

此四首前後兩首恰各代表南北宋婉約詞人面臨亡國之痛的反應：北宋詞人追昔感今，而南宋詞人則淪亡於異族之下，身世更加淒慘，故連追想繁華都不敢，情調極悲抑淒涼。這種差別是時代造成的，但同以北宋言，有的詞人靖康亂後，詞風丕變，由婉麗變慷慨，如張元幹，早期擅言情，如《蘭陵王》：「閒愁費消遣。想蛾綠輕暈，鸞鑒新怨。」但國亡後，則慨然易節爲豪放詞人，如《賀新郎：寄李伯紀丞相》云：「十年一夢揚州路，倚高寒，愁生故國，氣吞驕胡。」其詞風之轉變，若與朱敦儒等人相比，即知詞之體格婉豪，乃至抒寫思想傾向，自有人格氣質之懸殊，雖遭遇相似，結果未必相同。以白石而言，生當南宋中晚，距北宋亡國已遠，上下貪歡，不知居安思危，更遑論北伐；處此時代下，個人少小又無特別的民族精神教育，且父母早歿，家業微寒，漂泊於洞庭五湖，雖有求用之志，但素乏薦引，考試不利，致困厄一生，寄人籬下，這種條件，生事之不暇，又能有如何壯闊之抱負乎？故雖本儒家教養，有爲公之心，然可寫憂時感傷之語，卻不能成卓絕壯偉之救國英聲也，故其愛國詞不多，且皆婉約筆調。至於稼軒，南來之初，本孝宗英武奮發之時，然旋因符籬失利而心志消沮，且前經秦檜居相二十年（1137 入樞密，1155 卒），貪贓枉法，政風靡爛，故此後南宋上下瀰漫一片主和投降之音，官僚多怯懦鄙薄之徒，稼軒以一忠義奮發之北人，力主恢復，直梗慷慨，豈能容於南宋泄沓苟安、偷樂自私的投降派小人？無怪乎其一生受盡摧折打擊也。在累遭打擊下，情緒不免有所寥落悲涼，然報國衷情志節並不少歇，此時，其詞乃常以「斂雄心，抗高調，變溫婉，成悲涼」（周濟《四家詞選》）的曲折委婉之筆，借春殘花落、美人遲暮、或空山草木之語以寄寓其一懷愛國之情與報國難遂的惆悵悲慨也，此即其「婉約形式的愛國詞」也，如《賀新郎》云：「蘭佩芳菲無人問，歎靈均，欲向重華訴，空壹鬱，共誰語。」（頁 308）怨調淒嘆，雖與白石俱是婉約，然氣格力量卻大相逕庭矣。

　　眞正的「豪放詞」，乃是那「豪放風格的愛國詞」，它是樹立南

宋豪放派大旗的巨擘，也是其精神的中樞；風格上是豪壯雄放的，
〔註1〕內容則充滿抗敵救國的豪情氣概，如《南宋詞史》云：

> 南宋詞至始至終響徹了反對妥協投降，極力主張反攻復國
> 的強音。并由此登上詞史的高峰。南宋詞完全符合歷史發
> 展要求，它始終站在主戰派一方，反映當時下層士人和廣
> 大平民百姓的願望和要求。〔註2〕

此「反對妥協」、「主戰」與「復國之強音」的南宋詞，正是「豪放詞」
的真義；而就本論文的研究結果來看，它的明確定義就是「豪放風格
的愛國詞」。原本「豪放詞」應只是指一種具有豪放風格的詞，不一
定指向內容；但由南宋初年岳飛、趙鼎、張元幹、張孝祥到後來辛棄
疾與學辛的劉過、劉克莊、陳亮等人的愛國詞作的集合與連續，已成
爲詞史一卓絕的高峰，一色彩強烈，而氣概不凡的詞派，即「豪放派」
也，而其「豪放詞」幾乎也成爲愛國詞章的專名。然稼軒等豪放派詞
人的愛國之作，由形式的分析發現其並非僅豪放一格而已，而是有豪
放、也有婉約的（如第四章所述），所以在研究上，對辛、姜的愛國
詞，筆者乃分離其形式與內容，除了揭出「大我之志」表其思想內涵
外，又從形式上剖析其婉、豪兩種風格構成。本節即先敘其豪放風格

〔註1〕詞史上稱「豪放詞」，幾乎都專指南宋愛國詞人慷慨壯偉的愛國詞篇，
即內容上乃是以「愛國」爲要素；但有時就逕將愛國詞與豪放詞等義
而觀，而缺乏對題材、風格的分析考量。就名稱原本的意義言，「豪放」
乃是指向風格的，它是色彩鮮明的，與「婉約」截然相反，故今日以
「豪放詞」代表愛國詞人之作時，也應當維持此名義的風格要求，即
要內容愛國而風格也豪放，才算是「豪放詞」。所以陳振濂《宋詞流派
的美學研究》即云：「豪放的內容是一個規定得相當死的東西，既然進
去了，就不可能再有其他選擇。于是豪放詞必定只能等於豪放的形式，
即使不是慷慨激烈，至少也是平白如訴。慷慨激烈，是一種從內容到
形式的徹頭徹尾的豪放。」（頁102）即揭示「豪放詞」在形式與內容
上一致的必要性，所以爲了釐清「豪放詞」與「愛國詞」名義、風格
上的混淆，本論文才要特別將內涵與形式風格區分探索，而提出婉、
豪二類來涵蓋大我情感的作品，如此就能避免一般名稱的模糊，而得
到對作品內涵與形式更確切的了解。

〔註2〕見陶爾夫、劉敬圻合著《南宋詞史》序，頁3～4。

的愛國詞，共含四類。

壹、直接抒寫的豪放愛國詞

稼軒豪氣慷慨，愛國之情隨意可發，如：

> 臥龍暫而，算天上，有人知。最好五十學易，三百篇詩。
> 男兒事業，看一日，須有致君時。(《婆羅門引》，頁 370)

> 須信此翁未死，到如今，凜然生氣。吾儕心事，古今長在，
> 高山流水。……甚東山何事，當時也道，爲蒼生起。(《水龍
> 吟》，頁 461)

> 自是不日同舟，平戎破虜，豈由言輕發。任使窮通相鼓弄，
> 恐是眞□難滅。(《念奴嬌》，頁 546)

第一首連用諸葛亮、孔子、杜甫三典喻志，磊落自信，寫出淑世安民
之願。第二首則託淵明敘志，「此翁未死」、「凜然生氣」何等慷慨威
嚴，一筆之間，把高蹈的淵明化爲救世之豪傑，詞境氣概，相當不凡。
第三首直敘報國殺敵之志，乃將軍之語也，而任它世途窮通，此志終
不稍改，最是古今賢聖風範。

至於白石之作，唯一首《永遇樂：次稼軒北固樓詞韻》，上片從想
像稼軒北固樓登臨之景寫入，帶起一份古今的感慨：「數騎秋煙，一篙
寒汐，千古空來去。」讚許稼軒心懷故國，有大將之勇：「有尊中酒差
可飲，大旗盡繡熊虎。」下片承前，以諸葛喻辛，蓋鼓舞其領兵北掃
中原也，故末拍想像中原父老期盼北伐之師的殷切：「中原生聚，神京
耆老，南望長淮金鼓。」結云：「問當時依依種柳，至今在否。」盪起
一絲愁漪。此詞語言特色是氣格俊拔，語彙雄傑，起拍「雲鬲迷樓，
苔封很石」即氣概不凡，而「有尊中酒」二句，更豪氣渾厚。內容上，
以北伐之願、對英雄詞人之鼓舞灌注全篇，顯出愛國思想之本質，故
合其形式、內容，允爲豪放愛國詞。白石詞作，向來皆乏豪放情調，
唯和稼軒數調，如《漢宮春》兩首及此首《永遇樂》，饒有莽莽蒼茫之
氣，抒今古興亡之慨，則不能不說是受到稼軒豪放愛國詞風之影響也。

貳、友朋別離詞

稼軒既志懷慷慨，故所結交者率皆俊發高潔之人，而朋友相別時，詞人固致惜別深情，然亦常以家國之大業相鼓舞，而不瑣瑣爲兒女態也，故其 79 篇送友詞中就有近二十篇是以大我之志爲主題，其言如：

> 功名事，身未老，幾時休，詩書萬卷，致身須到古伊州。（《水調歌頭》，頁 26）
>
> 落日胡塵未斷，西風塞馬空肥。（《滿江紅》，頁 73）
>
> 活國手，封侯骨，騰汗漫，排閶闔，待十分做了，詩書勳業。（《滿江紅》，頁 116）
>
> 莫貪風月臥江湖，道日近，長安日遠。（《鵲橋仙》，頁 170）
>
> 長劍倚天誰問，夷甫諸人堪笑，西北有神州。（《水調歌頭》，頁 218）

在對友朋的鼓勵慰勉中，皆以家國之大業期許，表現詞人的愛國精神。

參、賀壽詞

假賀壽場合，而傾吐報國志願，乃稼軒此類作品之不凡處；因此大我氣概的注入而振起詞格，不致流於奉諛卑鄙之譏，如：

> 千古風流今在此，萬里功名莫放休。君王三百州。（《破陣子》，頁 53）
>
> 青青未老，尊前要看，兒輩平戎。（《朝中措》，頁 488）

肆、懷古詞

稼軒南歸後，宦游兩湖、江、浙等地，足跡遍及大江南北；其中於旅次或公務之暇，未嘗不登高覽勝，以抒襟懷，即懷古詞也。而二度歸隱帶湖、瓢泉的歲月，則安居田園，暇時遨遊鄉野，未嘗遠行（最遠到常山，約一、二百里），因上饒並無特別的歷史興亡之跡，於是稼軒亦無懷古之作了，（其懷古詞之重心乃在抒家國大我之感），故其懷古詞都集中在三度出仕時，其思想與藝術境界則愈後愈高。第一期

之作以《念奴嬌：登建康賞心亭，呈史留守致道》（年 30，任建康通判）及《水龍吟：登建康賞心亭》（年 35，任倉部郎官）爲主。這二首詞抒寫了詞人南來多年，卻始終沈淪下僚，歲華空逝，壯氣日消，北伐渺邈的感慨。

第二期作品，以福州南劍雙溪樓寫的《水龍吟》（舉頭西北浮雲）（頁 282）一詞最佳。起句即剛勁不凡，那倚天萬里的長劍是英雄正氣所灌注，足以掃除萬里內外一切妖氛。「萬里」一字若使長劍寒光映照萬里關山，以之揮敵，誰敢禦我。故稼軒一聯之力已足併吞宇宙，集中地表現了稼軒懷古詞的雄壯氣概。

第三期作品主要有二首，即會稽作的《漢宮春》及鎮江作的《永遇樂：京口北固亭懷古》。寫《永遇樂》時稼軒由浙東安撫史轉鎮江知府，積極準備北伐，這是稼軒南來 43 年，第一次得到北伐的機會，身負此重任，登上這千古俊偉的江山，望著濤濤江水、茫茫煙波外的江北故國，使他激湧起無限身世與今古興亡的悲慨，而作此詞；氣格蒼涼，語入化境，灌注極深功力，爲稼軒懷古壓卷之作，亦稼軒詞的顛峰境界也。

第二節　婉約愛國詞

此類包括了三類以大我爲內容範疇的「節序詠懷、因景抒情詞」、「詠物詞」及「退隱愁憤詞」。在稼軒部分，各得 28 首、6 首及 14 首，合計 48 首；白石則僅有「節序詠懷詞」2 首，即《揚州慢》與《翠樓吟》。在第一章中已藉追溯溫庭筠詞，分析了婉約愛國詞的形式構成，主要即針對節序詠懷詞，因此類是婉約愛國詞的重心，故於此先具論其形象與表現手法之特質。

一、女性形象與春之感發

第一章對溫庭筠詞寄託說之分析中曾舉「女性主義」一詞論傳統君權社會中男子對國君的角色和情感，與女性對男子感情的比擬、聯

想，這裏不妨換而以「男性主義」析辛、姜節序詠懷詞的寓託。就男性內心的天生渴望言，都會期望得到一位美人，即美人是男性天生所愛的，不管是上智下愚，有才無德皆然。唯有才智、有理想者，才能夠把美人之愛與追尋的一份「審美之心」，除了從外表容貌賞其美外，亦能從心靈之美去賞惜，從而使自己的心靈品格無形地受到陶冶，如沐於春風和煦、花鳥爭鳴的「美感境界」中，這就是種由愛美而美化自心的審美過程和價值，即孔子云：「賢賢易色也。」之義。

所以從這個角度看，對美人之愛與賞惜，可說是男性之審美心靈、審美意境中最直接最先天的形式，於是很自然地，才德之士在其人生之美、生命理想的尋求與實現之路上，經常會把美人與自己的理想境界混合為一，遂而表現在文字構繪的意象世界時，美人的形象品質常與才人賢士的情操理想密不可分，兩兩相映，此即是傳統文學中一種美人與才人之情相合的唯美意境，與託諸美人以寫志懷的比興世界。如白石《揚州慢》：「縱豆蔻詞工，青樓夢好，難賦深情。」及如稼軒《蝶戀花》：「九畹芳菲蘭佩好，空谷無人，自怨蛾眉巧。寶瑟冷冷千古調，朱絲絃斷知多少。」（頁 143）都流露一種女性意象的情思和意境。

在靈均的騷賦裏，詩人反覆沈痛地吐訴對君對國的繾綣忠愛，而多假美人芳草之語抒發——「唯草木之零落兮，恐美人之遲暮」，「朝搴阰之木蘭兮，夕攬洲之宿莽。」在文辭中詩人既以美人、芳草自比其芳馨美質及才能，遂由香草憐美人，由美人憐己，喻寫了自己忠誠不察於君，憔悴鬱抑，轉眼將隨秋草萎落的悲嘆。這種敘寫的題材和表現的手法，因其內涵情感與藝術美的感人，乃對後代的文學創作有了深遠的影響，即借美人情懷以喻寫詩人理想懷抱的手法，在屈原楚辭之後，已變成了一種重要的文學傳統。

進一步而言，則此美人遲暮的情懷表現，又因節序的變遷而強化了其感情的強度。蓋春去秋來，草木凋零，是使美人老去之自然力量，故美人對時節之變化是最敏感的；季節之中，又恒以春光之美好，春

意之和柔帶給人無限希望和欣然情思；是以美人對春天自是份外珍惜，份外期待，這就是一份惜春愛春的春情，如

　　春林花多媚，春鳥意多哀，春風復多情，吹我羅裳開。(《清商曲辭・吳聲歌曲・子夜四時歌・春歌》)

這春光是多麼美好，使佳人潛藏的萬千柔情都甦醒了；那麼，對志士才人而言呢？目睹春之美，不是會令人同美人般也興起無限理想和願望，並期望在這春天去實現呢？正是「一年之計在於春」，春天不盡力耕耘努力，將來哪得成果收穫！所以春天是令才人心志馳盪的季節，是讓佳人多情的季節；志士渴望春天去推動其理想，希望春天帶來好消息，就如佳人在春天懷著無限柔情，期望情郎出現一般。所以託諸美人惜春愛春的感情，詞人賢士就在其中抒寫了自我的理想期盼。

二、短暫的春光到大我的理想

　　世上美好的事物常常停留得短暫，就如美艷的櫻花，轉眼飄落無蹤；那溫暖的陽春三月，亦會很快隨著子規夜啼、杜鵑花落而悄悄溜走，等到晚來一陣風雨寒涼，已非早春的料峭，而是春意闌珊的冷落：

　　簾外雨潺潺，春意闌珊，羅衾不耐五更寒。(李煜《浪淘沙》)

如此美麗的春，淒涼地澀澀地走遠，怎不令人興悲？於是總盼望春能多停留些，花能開久些：

　　春且住，見說道、天涯芳草無歸路。(辛棄疾《摸魚兒》)

　　往事後期空記省，為花常把新春恨。(辛棄疾《菩薩蠻》)

只是春光難為人留，花開當即欣賞，「滿地落花更傷心，不如憐取眼前人。」目睹原本艷麗的花旋成零落，才知美的事物可貴；由古至今，從長安的樂遊原到台北的陽明山，三月裏的人群都訴說著對春的珍惜。而此短暫美好的春天、春花，不正象徵著人生中最美好的歲月嗎？於是詞人在賞此春光，感此美人惜春之情時，就興起了對自我品格才質的珍惜情意，賢士君子品格才質的表現方向，在中國傳統文化中自然是指向一種對社會人生的理想，一份使天下人民安樂的志願，所謂「修齊治平」也。所以辛棄疾在晚春之詞、惜春之語中所繪塑的美人

形象、所吐露的傷春情懷，大都融合著對民族社稷的關懷，對國勢安危的憂念，即展現了一份對大我的情志。

壹、節序詠懷、因景抒情詞

稼軒此類佳作，如淳熙己亥年由湖北轉運副使移湖南所寫的《摸魚兒》（更能消幾番風雨），及退隱帶湖、於 1188 年寫的《蝶戀花：戊申，元日立春，席間作》，後首詞云：

> 誰向椒盤簪綵勝，整整韶華，爭上春風鬢。往日不堪重記省，爲花長把新春恨。　春未來時先借問，晚恨開遲，早又飄零近。今歲花期消息定，只愁風雨無憑準。（頁193）

作《摸魚兒》時，詞人年 40 歲，距南來已 17 年，17 年裏漂泊江淮兩湖，雖已至一方大吏，但恢復之志卻茫茫無期，且迭遭謗毀，憂思感恨，故作此詞喻志；《蝶戀花》則作於 49 歲春節初一，距前詞已 9 年，罷官亦 7 年。兩首各爲兩個階段積鬱許久的愁思情志的高度表現，故顯得那麼感慨萬千；其寫作運用的手法，即藉傷春、惜春與美人遲暮而表現。

《摸魚兒》詞起句即喟然悲涼，「更能消幾番風雨，匆匆春又歸去。」寫詞人對美好春光的憐惜，亦是對自己美好生命的傷嘆也，如李煜與歐陽修詞：「林花謝了春紅，太匆匆，無奈朝來寒雨晚來風。」（《烏夜啼》）「雨橫風狂三月暮，門掩黃昏，無計留春住。」（《蝶戀花》）都寫出有情人對美好生命消逝的感傷，與稼軒之意是相同的。北人南來，本期盼收復故國，拯濟生民，但年華卻一年年在春天無奈地消逝了。盛開的花朵正象徵著詞人美好的情操才華，可是青春是有限的，怎耐得無情風雨不斷肆虐呢？故此語所託寫的，乃是詞人遷徙不遇且屢受打擊的感嘆。以下「惜春長，怕花開早」數句都借惜花感悲自己美好的生命如落花般滿地凋萎；「春且住」的痴情，寫出對自己理想志意的執著。第二首《蝶戀花》詞亦然，由髮上綵勝之鮮麗，想起自己寥落的青春和志願，故思昔生悲，「不堪重記省」。但春天仍

舊年年來，今天春天又到了，詞人望著新來的春天，想著她能否帶來好消息？此時稼軒罷黜已久，年老力衰，但他仍不忘心中的志願；然不知我生命的春天真的會來嗎？接云：「只愁風雨無憑準」，又出現了摧殘花朵的「風雨」，不用說，這正是那打擊詞人的投降派官僚，語中看出詞人有無限憂恐，如陳廷焯評此二句：「蓋言榮辱不定，遷謫無常，言外有多少哀怨，多少疑懼。」〔註3〕

而《摸魚兒》下片，轉入典故的世界，以典故與惜春的意象交疊敘志。「長門事，準擬佳期又誤」等數句託喻自己上書（《美芹十論》、《九議》）論恢復大計卻石沈大海，年來又累遭謗議（參《論盜賊箚子》），莫不是「娥眉曾有人妒」，因而激起詞人之憤怨：你們不必驕狂飛舞，豈不見玉環、飛燕都早成塵土消散了嗎？喻這班投降派官僚的下場也。結拍「休去倚危欄，斜陽正在，煙柳斷腸處。」以斜陽落於煙柳中的淒濛景象，表達對南宋國勢的憂慮，以景結情，情餘言外。

這類詞的內涵乃訴說著詞人受讒阻打擊的政治遭遇，種種危苦難言的心志，但形式上卻借典故和節序的傷春之感、美人形象而抒發，故不同於豪放愛國詞的慷慨直抒，而是鬱抑低迴、愁恨淒惘，充滿婉約詞的風格，這正是稼軒愛國精神、氣概的「變體」表現，如周濟所云：「稼軒斂雄心，抗高調，變溫婉，成悲涼。」（《四家詞選》）即指稼軒此婉約風格的愛國詞也。然在傷春、惜春的痴情繾綣中自有一股剛勁之氣，又非一般婉約情詞之風。

而就詞史發展的意義言，稼軒這類作品的成就乃是將那借君子惜春、佳人傷春而託寫忠愛精神的文學傳統，完美地結合在個人強烈的愛國志意和優美的詞作藝術中，而建立詞學的典範。他的詞不同溫庭筠，飛卿《菩薩蠻》（小山重疊金明滅）等作，從詩騷的傳統形象之託喻中是可得言外的才人志士幽約怨悱之情的，但文字的氣勢情感則欠缺那份英雄志士愛國憂民的精神感發，只成為閨中美人的纖柔情

思。故飛卿與稼軒詞之差別，就作者而言，是其人格志意，就作品言，則是其中的感發力量。稼軒這類充滿感發之力的作品，其強盛志意、愛國摯情，是溢於言外，不察而得的，故允為時代的英聲玉振。

稼軒節序詠懷以抒大我之情者，除了春天外，還有許多在秋節感懷而寫者，如：

> 一輪秋影轉金波，飛鏡又重磨。……斫去桂婆婆，人道是清光更多。（《太常引：建康中秋為呂叔潛賦》，頁 30）

> 快上西樓，怕天放浮雲遮月。（《滿江紅：中秋寄遠》，頁 180）

> 猶記紅旗清夜，千騎月臨關。莫說西州路，且盡一杯看。（《水調歌頭》，頁 258）

皆是在美好中秋節或秋天抒寫對家國之懷，除上面三首，至少還有三、四首，如《滿江紅》：「風捲庭梧，黃葉墜，新涼如洗。……今古恨，沉荒壘。悲歡事，隨流水。想登樓青鬢，未堪憔悴。」（頁 457）及《木蘭花慢：中秋飲酒將旦，客謂前人詩詞有賦待月，無送月者，因用天問體賦》：「可憐今夕月，向何處，去悠悠。……怕萬里長鯨，縱橫觸破，玉殿瓊樓。」（頁 459）感嘆憔悴，憂懷國事，語言高拔，氣韻蒼涼，情思的含蓄是很深的，都顯出此類婉約愛國詞的特色。

另外，「因景抒情」亦是此類寄懷詞的重要形式，如：

> 憑欄望，有東南佳氣，西北神州。……華胥夢，願年年、人似舊游。（《聲聲慢：滁州旅次登奠枕樓作，和李清宇韻》，頁 22）

> 平生塞北江南，歸來華髮蒼顏，布被秋宵夢覺，眼前萬里江山。（《清平樂：獨宿博山王氏庵》，頁 135）

> 待空山自薦，寒泉秋菊。中流卻送，桂棹蘭旗。萬事長嗟，百年雙鬢，吾非斯人誰與歸。（《沁園春》，頁 242）

> 悵日暮雲合，佳人何處，紉蘭結佩帶杜若。……遇合，事難託。（《蘭陵王：賦一丘一壑》，頁 301）

在登臨遊賞或獨宿靜思時，感思中來，卻以委曲含蓄之筆抒之，更顯出詞人沈厚愛國的情感，就藝術風格來說，在南宋豪放派詞人中是很特殊的；即這些作品雖以本屬豪放的愛國情感為內涵，卻維持了傳統

詞體的幽深隱微之特質，而呈現了一份更曲折含蘊的精神生命。

　　至於白石之作，可舉《翠樓吟》爲代表，詞云：

　　　月冷龍沙，塵清虎落，今年漢酺初賜。新翻胡部曲，聽氈
　　幕元戎歌吹。層樓高峙，看檻曲縈紅，簷牙飛翠。人姝麗，
　　粉香吹下，夜寒風細。　　此地，宜有詞仙，擁素雲黃鶴，
　　與君遊戲。玉梯凝望久，歎芳草萋萋千里。天涯情味，仗
　　酒祓清愁，花銷英氣。西山外，晚來還捲，一簾秋霽。

詞上片「漢酺初賜」句，據《宋史・高宗紀》知爲淳熙十三年（1186）
初，高宗八十壽辰犒賞諸軍 160 萬緡之事，而白石來安遠樓已多天，
故此爲追想之筆；詞中寫景者，乃「月冷龍沙」二句及「層樓高峙」
三句，前者寫眺望大景，一片冬日月夜之清寒蕭瑟，後者寫樓台華麗
高聳之小景。此詞所以視爲大我之作，乃因寄寓對政治的諷刺和憂國
之情，而其手法則是透過氣氛相矛盾的景物反襯而表現，包括：一、
以「月冷龍沙」之凄冷反襯將士宴饗歡樂，隱有諷其偷安不修武備。
二、「人姝麗，粉香吹下，夜寒風細」的前二句極柔靡香澤語，突接以
「夜寒風細」之冷瑟寒涼，在相反性的意象組合中，乃激發一種衝突
力量，詞人如此構思，反映詞人應有特殊感慨，唯全藏於物象中，隱
微不露，難以確指，陳廷焯即云此詞「一縱一操，筆如遊龍，意味深
厚，是白石最高之作。此詞應有所刺，特不敢穿鑿求之。」〔註4〕合以
前說，此詞諷刺之意是很明確的，雖然他不像稼軒如一隻入世救國的
大鵬鳥，張巨翼，迴狂瀾以保社稷，呈現強烈沛然的愛國志意和奮鬥
精神，但在其江湖漂泊的覊旅生涯中，亦未嘗捨棄對大我的憂念之情。

　　白石 2.2（大）類詞作與稼軒相比，可發現其差異：第一、在內
涵情感上，白石表現的是種憂國感情或諷刺之語，如《揚州慢》云：
「自胡馬窺江去後，廢池喬木，猶厭言兵。」稼軒則除此之外，更重
要的是還寄託著期望用世、殺敵報國的志願，「長門事準擬佳期又
誤」、「今歲花期消息定，只愁風雨年憑準」、「謝公直是愛東山，畢竟

〔註4〕同註1，卷二，頁三。

東山留不住。」(《玉樓春》,頁 323)第二、在筆法風格上,白石全以婉約風格,委曲筆法表現,志意隱而不露;稼軒則主觀意志時常交融在所塑造的意象中,顯然可見,如「蘭佩芳菲無人問,歎靈均,欲向重華訴。空壹鬱,共誰語。」(《賀新郎》,頁 308)志意的流露就很明顯。由這兩點,也看出稼軒愛國詞人與豪放派的生命本質。

貳、詠物詞

這類以大我內容爲範疇的詠物詞(6(大)類)只見於稼軒,共6首。詞如:

> 當年得意如芳草,日日春風好。拔山力盡忽悲傷,飲罷虞兮從此、奈君何。　人間不識精誠苦,貪看青青舞。蕎然斂袂卻亭亭,怕是曲中猶帶、楚歌聲。(《虞美人:賦虞美人草》,頁 500)

> 牡丹比得誰顏色,似宮中、太眞第一。漁陽鼙鼓邊風急,人在沈香亭北。　買栽池館多何益,莫虛把、千金拋擲。若教解語應傾國,一箇西施也得。(《杏花天:嘲牡丹》,頁 506)

前首蓋借草木喻志也,因「虞美人草」之名聯想虞姬,又因虞姬而將自己化身爲一代英雄的項羽,借他「拔山力盡」兮之窮途末路寫自己竭盡心力,卻「人間不識精誠苦」的鬱抑悲歌,設想新奇,而所繫典故慷慨悲涼,正切其精神與遭遇也。第二首嘲牡丹則爲諷刺之詞,以牡丹爲楊貴妃,譏其迷惑君王,不理國事,而招致安史之亂,意乃諷刺南宋那些諂諛君王的投降派官僚將耽誤國事,招來禍害也,雖假花草嘲諷之語,卻寄寓對現實污暗與國家前途的強烈關心。由上面二首可知稼軒此類詞的特色在善借微物言志寄慨,手法多用比興,近於婉約,但亦自有一種志意的流露。

第三節　友朋別情詞

這類詞作,稼軒得 79 首,白石只 2 首;以比例而言,稼軒所作

約佔全集八分之一，遠高於白石，由此可見稼軒頗重友朋之誼，彼此慰勉，或以報國之事相期，在 79 首中借離情吐露大我之懷抱者近二十首，反映稼軒忠愛國家的豪放派詞人本質。相對地，白石的個性則較陰柔內斂，多以詞自抒漂泊之感、相思之情，少與人唱和，反映婉約派詞人傾向自我中心的特質。稼軒此類的大我之作已敘於豪放愛國詞中，故本節就針對其餘 68 首，及白石 2 首說明之。

壹、稼軒之作

就寫作年代與題贈對象言，帶湖時期達 40 首，其中 10 首為大我之作，是數量最多的時期；瓢泉有 16 首，其中 2 首為大我之作。單由此數據看，稼軒在瓢泉時期（年 35～63 歲）已較少參加朋友之別筵，且少寫大我之志，則見詞人壯年英聲氣概已漸衰落，對南宋政局感到失望。至於寫贈對象，帶湖時期的 40 首中，有 22 人，分別是：范南伯、陸德隆、李子永、李正之（提刑）、韓南澗、俞山南（教授）、晁楚老、辛佑之（范南伯女婿）、陳仁和、鄭厚卿（衡州太守）、陳亮、丁懷忠（教授）、王桂發（信州太守）徐衡仲、盛復之（提舉）、黃倅、范廓之（門人）、余伯山、宋叔良（信州人）、杜叔高、湯朝美（司諫）、楊民瞻等人。瓢泉時期的 16 首中有 9 人，分別是：杜叔高、郭蓬道、傅先之（通判）、吳子似（縣尉）、元濟之（酒稅官）、趙國宜、歐陽國瑞（士人）、陳薄、辛茂嘉（十二從弟）等人。這些人中，官位最大是韓南澗尚書，惟當時已辭官，故稼軒別贈之人中官位最大是太守，其他則是通判、縣令或一般讀書人、教授等。可見稼軒歸隱後即不再與高官大賈往來了，顯出詞人的高操情懷。

至於詞作內容，主要有二方面：一是對朋友贊美鼓勵，二是寫離別的不捨之情。前者如：

鵬北海，鳳朝陽，又攜書劍路茫茫。（《鷓鴣天》，頁 150）

看淵明，風流酷似，臥龍諸葛。（《賀新郎》，頁 198）

學窺聖處文章古，清到窮時風味苦。（《玉樓春》，頁 217）

人道君才百鍊，美玉都成泥切。(《念奴嬌》，頁 373)

或贊文才，或美風範、志操，都顯出詞人同聲相求，結交皆才行高尚之人。至於離情之抒寫，它是此類詞作的主旨，就稼軒敘寫手法言，大致有三：(一) 白描直敘，(二) 借環境點染氣氛，(三) 借自然物象喻示形容。第一種如：

涼夜愁腸百千轉，一雁西風，錦字何時遣。(《蝶戀花》，頁 80)

而今別恨滿江湖，怎消除。(《江神子》，頁 391)

直抒離懷，語直情切；而《賀新郎》詞，追別陳同甫，雪深路絕，使「路斷車輪生四角，此地行人銷骨。」辭情更悲涼而痴。第二種方式如：

悵雪浪，粘天江影開。(《沁園春》，頁 78)

時節換，繁華歇。算怎禁風雨，怎禁啼鴂。(《滿江紅》，頁 195)

落花時節，杜鵑聲裏送君歸。(《婆羅門引》，頁 369)

一種淒黯景象，引人離別愁情。至於第三種手法如：

從今日日倚高樓，傷心煙樹如薺。(《西河》，頁 80)

畢竟啼鳥才思短，喚回曉夢天涯遠。(《蝶戀花》，頁 80)

問愁誰怯，可堪楊柳，先作東風滿城雪。(《六么令》，頁 107)

無情最是江頭柳，長條折盡還依舊。(《菩薩蠻》，頁 169)

浮天水送無窮樹，帶雨雲埋一半山。(《鷓鴣天》，頁 185)

借自然物象間接訴說離別之懷，達到委婉含蓄的效果，屬於意象的表現法；而詞中稼軒最常用「梅、雪、柳」等意象表現離別的難捨，以月寄別後之相思，如「對梅花一夜苦相思，無消息。」(《鷓鴣天》，頁 154)「千樹柳，千絲結。」(《滿江紅》，頁 171)「千里月，兩地相思。」(《婆羅門引》，頁 369) 此外，常以君子所去之地的描寫寄託關心，如「赤壁磯頭千古浪，銅鞮陌上三更月。」(《滿江紅：送李正之提刑入京》，頁 121)「二月東湖湖上路，官柳嫩，野梅殘。」(《江神子：送元濟之歸豫章》，頁 426) 詞情意象亦甚優美。

貳、白石之作

　　白石友朋離情之作，僅《八歸：湘中送胡德華》及《探春慢：（節）作此曲別鄭次皋、辛克清、姚剛中諸君》二首，《探春慢》作於淳熙十三年、詞人 32 歲將隨蕭德藻往湖州時，《八歸》則為更早游於湖湘時作，故知白石友朋別情詞都寫於 32 歲以前；而事實上白石的創作生命主要集中在 32 至 43 歲，故知白石創作上較忽略這種形式，反不如賀壽之詞（達 7 首），說明他並無臨別贈詞或題詞懷友的習慣，惟《角招》寄俞商卿及《漢宮春》等和稼軒詞是例外。茲節錄其詞如下：

> 芳蓮墜粉，疏桐吹綠，庭院暗雨乍歇。……最可惜一片江山，總付與啼鴂。……渚寒煙淡，櫂移人遠，縹緲行舟如葉。想文君望久，倚竹愁生羅韤。歸來後，翠尊雙飲，下了珠簾，玲瓏閒看月。（《八歸》）

> 衰草愁煙，亂鴉送日，風沙回旋平野。……誰念漂零久，漫贏得幽懷難寫。……無奈苕溪月，又照我扁舟東下，甚日歸來，梅花零亂春夜。（《探春慢》）

此二詞，前首較優美輕柔，乃因其所用語彙和典故；後首較衰颯凝重，則因將遠別故鄉，情緒淒愴。整體言，皆不失婉約派善構意象、委曲舖陳之特色。與稼軒相較，其相似處有：一、善以別時環境景物渲染出相別之情緒氣氛，稼軒亦然。二、善以自然物象凝聚此別情淒黯，如「最可惜一片江山，總付與啼鴂。」及「甚日歸求，梅花零亂春夜。」三、當自己遠行而作別詞時，常託出一份羈旅漂泊之感，如《探春慢》：「誰念漂零久，漫贏得幽懷難寫。」稼軒亦有相似情境之作，如《水調歌頭：淳熙己亥。自湖北漕移湖南，周總領、王漕、趙守置酒南樓，席上留別》云：「折盡武昌柳，挂席上瀟湘。二年魚鳥江上，笑我往來忙。富貴何時休問，離別中年堪恨，憔悴鬢成霜。」四、白石皆以月寄離別相思之情：「玲瓏閒看月」及「無奈苕溪月，又照我扁舟東下。」稼軒亦常借月寄情也。

　　以上所敘，乃二人相似處；然手法、意象雖相通，但風格卻仍相

去甚遠，辛詞未脫豪放直樸之風，白石則迴環喻寫、善於鋪陳、章法嚴密，顯出對詞藝的講究，形式風格似與柳永《雨霖鈴》相近，允爲佳構。

第四節　婉約愛情詞

壹、類型與寫作年代

　　這類詞可依寫作的對象分成三類：一是個人抒情詞，二是代人言情詞，三是題寫歌伎詞。第一種是個人愛情的主觀抒寫，深婉纏綿；第二種是對他人愛情的客觀敘寫，有的風流柔媚（如戲贈類），有的端莊優雅（如閨情類）；第三種則以描寫歌女侍妾的容貌爲主，比較活潑輕俏。

　　稼軒之作約有 68 篇，其中帥福建（卷三）及浙東（卷六）都無。由分析知其寫作集中在青年出仕及隱帶湖時，即年 23 至 53 歲。〔註5〕白石則得 23 篇，最早是 32 歲的《小重山令》，最晚應是 43 歲的《鷓鴣天》（沔水東流無盡期）與《月下笛》（與客攜壺），此後就無情詞了；蓋「人間別久不成悲」，一廉幽夢已讓關山歲月不停地侵蝕凋零，任他再痴情，終亦是空，昔日歡樂早如沔水東流，使詞人暗裏忽驚醒，所以白石情詞寫作集中在 32 至 43 歲，而內容幾乎都是寫給合肥情

〔註5〕全集中卷五（作者未考）情詞最多，有 29 首。其中有 5 首《臨江仙》（頁 467～469）情思柔美，充滿少年浪漫風味。因小晏本有「夢後樓台高鎖」一闋聞名，今稼軒詞中又有「舞低花外月，唱徹柳邊風」之語，蓋源於小晏《鷓鴣天》（彩袖殷勤捧玉鐘）詞，故顯然有意效小晏。又《蝶戀花》云：「卻恨西園，依舊鶯和燕。」（頁 470）此西園乃帶湖所居之庭園，故作於帶湖時。另有《一剪梅》二首（頁 466）云：「路也難通，信也難通。」「錦書都來三兩行，千斷人腸。」知爲仕宦離家時作，既然後兩次出仕都無情詞，則此詞自屬青年初仕時。至於卷七（補遺）有 12 首，由敘寫語吻，浪漫昵狎，亦似青壯年作，如《一剪梅》：「酒入香腮分外宜。行行問道，還肯相隨。」（頁544）另如《江城子：戲同官》，口吻風流，當亦青年初仕作。故由分析知，稼軒情詞當集中在青年出仕與初隱帶湖時。

侶，僅《鷓鴣天》（京洛風流絕代人）寫歌伎，《眉嫵》、《少年遊》代人言情，故夏承燾云：「懷念合肥妓女的卻有十八、九首。」（見箋校序）

貳、內　容

先敘稼軒個人愛情詞。稼軒宦遊江淮，久不見妻，乃多相思，或登樓望她，只見「飛鴻字字愁」，而「一帶山無數」，隔斷相望眼，卻有「秋波相共明」（頁 86），如見伊人明眸望我。既久在外，妻子對他定日日相思而憔悴：

> 玉人還佇立，綠窗生怨泣（《減字木蘭花》，頁 65）
>
> 斷腸幾點愁紅。（《祝英臺近》，頁 85）
>
> 日暮行雲無氣力。（《霜天曉角》，頁 65）

乃寫信傾訴相思：「但試把，一紙寄來書，從頭讀。相思字，空盈幅；相思意，何時足。」「日暮行雲無氣力，錦字偷裁，立盡西風雁不來。」（《滿江紅》、《減字木蘭花》，頁 455、65）但詞人道遠奔勞竟無能回信：「路也難通，信也難通。」（《一剪梅》，頁 467）然詞人是深盼相聚的：

> 一片歸心擬亂雲，春來諳盡惡黃昏。（《鷓鴣天》，頁 85）
>
> 傍人道我轎兒寬，不道被他遮得，望伊難。（《南歌子》，頁 51）
>
> 馬蹄踏遍長亭，歸期又成誤。（《祝英臺近》，頁 85）

於是詞人騎著馬想她：「愁邊剩有相思字，搖斷吟鞭碧玉梢。」（《鷓鴣天》，頁 48）連船上做夢也想她：「夢裏笙歌花底去，依然，翠袖盈盈在眼前。」（《南鄉子》，頁 51）

由這些詞看出詞人對妻的濃情深意，才會寫出如此纏綿情語；風格上，在質樸白描中，仍不失藝術形象之美，如「玉人今夜相思不，想見頻將翠枕移。」（《鷓鴣天》，頁 318）而「滿懷珠玉淚浪浪，欲倩西風，吹到蘭房。」（《一剪梅》，頁 544）抒情更淒美。有時詞人用更婉約曲折的手法，即以「暮春」為題，借傷春之感、落紅飄零的春景

意象含蓄著更繾綣感人的痴情，如《祝英臺近：晚春》：「問春歸、不肯帶愁歸，腸千結。……蝴蝶不傳千里夢，子規叫斷三更月。」與《滿江紅：暮春》：「家住江南，又過了、清明寒食。花徑裏、一番風雨，一番狼籍。……尺素如今何處也，綵雲依舊無蹤跡。」（頁 83、455）

其次是稼軒代人言情詞。此類詞以「閨怨」名者，語言清婉，優美意境中饒藏深情，風格頗似溫庭筠詞，如：

態濃意遠，眉翠笑淺，薄羅衣窄絮風軟，鬢雲欺翠捲（《醉太平》，頁 503）

葉紅苔鬱碧，深院斷無人。（《臨江仙》，頁 468）

小樓春色裏，幽夢雨聲中。（《臨江仙》，頁 469）

其抒情風格感覺較客觀，寫女子形象亦細緻傳神。另一種戲贈題情詞則較輕媚，如《江神子：戲同官》：「庾郎襟度最清真，挹芳塵，便情親。南館花深，清夜駐行雲。」（頁 547）顯得風流昵狎。

至於題贈歌伎詞，則側重寫容態、舞姿，如：

燕燕鶯鶯相並比，的當兩團兒雪。合韻歌喉，同茵舞袖，舉措脫體別。江梅影裏，迥然雙蘂奇絕。（《念奴嬌》，頁 544）

寶釵小立白翻香，旋唱新詞猶誤，笑持觴。……卻道小梅搖落，不禁風。（《虞美人》，頁 234）

寫出女孩的嬌美活潑，而在手法上，發現稼軒好以梅花比喻女孩，除了上二首，還有「春江雪，一枝梅秀。」「洗妝嬌美，輕注半脣，一朵梅花。」（《惜奴嬌》、《眼兒媚》，頁 549）這和白石是多麼相似，白石《小重山令：賦潭州紅梅》、《暗香》、《江梅引》、《鬲溪梅令》等詞皆以梅賦寫情侶。梅凌霜傲雪，本自高潔，稼軒、白石以之比喻聯想女子，就可見他們內在情操之高雅及對女性的愛賞尊重也。

至於白石情詞，其題寫歌女者，如《鷓鴣天》云：「紅乍笑，綠長嚬，與誰同度可憐春。」青春嬌好，似稼軒之作；而代人言情，即「戲贈」，與稼軒同類之作，風格尤為相似，如《眉嫵：戲張仲遠》云：「翠尊共款，聽艷歌，郎意先感。便攜手、月地雲階裏，愛良夜微暖。」與

前引稼軒《江神子》之風味情境宛然神似，皆饒風流柔媚之態，可見愛情詞先天上強烈的婉媚傾向，雖個性豪放如稼軒者，亦不能免其影響。

白石風格藝術最美者，乃其個人之愛情詞也，爲其情詞的主力，也可謂全部創作的核心。其情詞與稼軒一大不同，即全是寫給昔日合肥相戀的情人，而不是寫給妻子，單由這點就看出他感情上的浪漫傾向。詞如：

> 人繞湘皋月墜時，斜橫花樹小，浸愁漪。一春幽事有誰知，東風冷，香遠茜裙歸。　鷗去昔遊非，遙憐花可可，夢依依。九疑雲杳斷魂啼，相思血，都沁綠筠枝。(《小重山令》)
>
> 雙槳來時，有人似、舊曲桃根桃葉，歌扇輕約飛花，蛾眉正奇絕。(《琵琶仙》)
>
> 燕燕輕盈，鶯鶯嬌輭，分明又向華胥見。夜長爭得薄情知，春初早被相思染。(《踏莎行》)
>
> 韋郎去也，怎忘得玉環分付，第一是早早歸來，怕紅萼無人爲主。算空有并刀，難剪離愁千縷。(《長亭怨慢》)

其抒寫皆纏綿沈摯，善由物象聯想，又以花魂、花之美爲喻，揉和典故，將情凝駐在古今相續的纏綿裏，深婉動人；比之韋莊，有其執著，又添一份優美；擬之飛卿，則有其雅麗，卻更注入一股生命的熱情，在內涵、藝術上是很傑出的。

而就藝術形式言，白石愛情詞更有個人特色，主要有四點：

一、以春象徵美好的情愛，而在春來春去中追憶傷逝

在白石詞中，出現「春」的字眼有 35 首，合計 40 次，占詞作近二分之一，即每二首詞就有一首包含賞春、惜春之感情。而在愛情詞中提到「春」者，亦達十餘例，可見「春詞」在白石詞作表現上，是很具代表性的。

藉著春，象徵了與心愛女子的美好情事、甜美的相聚時光；在別後的歲月中，每當春來，就使他想起伊人，惹起無限相思：

> 夜長爭得薄情知，春初早被相思染。(《踏莎行》)

一春幽事有誰知，東風冷，香遠茜裙歸。(《小重山令》)

春未綠，鬢先絲，人間別久不成悲。(《鷓鴣天》)

「春來花鳥莫深愁」，繽紛春景，遲遲春日，融化了多少深藏情意；感春動情，是古往今來人們所同，而白石此等春情之詞更在藝術上到達美的高峰。

二、多以柳起興

古人既多折柳贈別，而白石往來的江南各地與江北合肥又多楊柳，於是柳邊花下，別情愁緒，乃多以柳起興，或以柳寓情，如：

綠楊巷陌秋風起，邊城一片離索。(《淒涼犯》)

金谷人歸，綠楊低掃吹笙道。(《點絳唇》)

另外像《長亭怨慢》、《淡黃柳》、《月下笛》等都是。

三、夜深月明多是相思時刻

白石漂泊江湖，與佳人別後，每在夜深月明，或獨坐獨酌，或孤舟夜泛，感念起思，如：

天風夜冷，自織錦人歸，乘槎客去，此意有誰領。(《摸魚兒》)

古簾空，墜月皎，坐久西窗人悄。……衛娘何在，宋玉歸來，兩地暗縈繞。(《秋宵吟》)

夜深客子移舟處，兩兩沙禽驚起。……況茂陵遊倦，長干望久，芳心事，簫聲裏。(《水龍吟》)

皆寫於夜涼如水、人悄風清的深夜，那朦朦夜幕、柔美月光，讓深情輕瀉而出，為白石情詞染上唯美婉約的風格。

四、常由花而思憶情人

前論稼軒情詞時，云其多以梅擬佳人，與白石相同。而白石這種聯想方式蓋因二種心理：一是對女子，他本習慣以花相比，如《淒涼犯》：「舊遊在否，想如今，翠凋紅落。」即用借代法以花喻佳人。二是梅乃他與情人常共欣賞者，如《暗香》云：「舊時月色，算幾番照我，梅邊吹笛，喚起玉人，不管清寒與攀摘。」

除了梅之外，使詞人聯想的花還有很多，如牡丹(《虞美人：賦

牡丹》)、芍藥(《側犯：詠芍藥》)及荷花(《念奴嬌》)等,以荷花為例,《念奴嬌》:「日暮青蓋亭亭,情人不見,爭忍凌波去。只恐舞衣寒易落,愁入西風南浦。」即因荷寫人、愛荷猶愛伊人也。由白石這種惜花而惜人的心理,也可了解為何他那麼惜春,蓋春天百花盛開,怎不令人萬分相思呢!

第五節　節序詠懷與退隱之詞

本節要分析的是「節序詠懷、因景抒情詞」、「退隱愁憤詞」與「鄉居閒適詞」三種,由第四章的分析知它們是一組命題、內涵上頗有關聯的作品,故併於本節討論之。又前兩類詞的大我之作已劃入「統約愛國詞」中,故本節乃專就以小我為內容範疇的「節序詠懷、因景抒情詞」(代號 2.2(小)類)、「退隱愁憤詞」(代號 5(小)類)及「鄉居閒適詞」(代號 2.1 類)來敘述。

壹、節序詠懷、因景抒情詞

這類詞在稼軒與白石作品中,都是數量最多的,稼軒約 141 首,白石約 27 首,各佔詞作比率四分之一、三分之一左右。因稼軒三度被罷黜,對其生活與作品內容有很大影響,故應分「出仕」與「退隱」兩階段予以分析。基本上,出仕時期主要是寫對政治無情的失望和倦宦思歸,退隱則多抒對世情得失的領悟及自表清高曠達的志懷。

稼軒初歸南宋時,青年才俊,樂觀奮發,如在建康帥席上賦《滿江紅》詞云:「袖裏珍奇光五色,他年要補天西北。」但後來久沈下僚,任流年輕過,乃漸生悲感,遂有二登賞心亭之《念奴嬌》與《水龍吟》懷古詞,抒江南游子的千斛閒愁。所以此時其節序風物之詠懷詞也傾向對現實的不滿,如:

> 但覺平生湖海,除了醉吟風月,此外百無功。(《水調歌頭》,頁 42)

> 樓觀縱成人已去,旗旌未卷頭先白。(《滿江紅》,頁 50)

千古往事已沈沈，閒管興亡則甚。(《西江月》，頁52)

於是彈鋏思歸：「意倦須還，身閒貴早，豈為蓴羹鱸膾哉。」(《沁園春》，頁76)此後歸隱田園十年，後雖二度被召下山，慨然赴任，仍立刻對政治的昏昧失望，盼望回鄉村老家，如帥福建時寫的：

拋卻山中詩酒窠，卻來官府聽笙歌，閒愁做弄天來大，白髮栽埋日許多。(《鷓鴣天》，頁267)

好雨當春，要趁歸耕。況而今已是清明。(《行香子》，頁276)

吾衰矣，須富貴何時。富貴是危機。暫忘設醴抽身去，未曾得米棄官歸。(《最高樓》，頁278)

當時南宋朝廷內外盡是苟且營私、忌刻貪殘的小人，稼軒卻慷慨大公，處處為民，自然嚴重危及這些邪恥官僚的利益安危，遂必除稼軒而後快。稼軒處此情勢，豈不明白？然他是不可能為求一己之安而逢迎小人，故旋生急流勇退之心；不過未及自辭，已被人扣上「殘酷貪饕，奸贓狼藉」的罪名而褫職歸田矣。〔註6〕

退隱後，心情較平靜時，詞人就開始反芻這種種人情、官場的是非得失，而有所領悟。現實世界有許多無可奈何的是非，只有放下：

江頭未是風波惡，別有人間行路難。(《鷓鴣天》，頁185)

寸步人間百尺樓，孤城春水一沙鷗。(《浣溪沙》，頁249)

百年雨打風吹卻，萬事三平二滿休。(《鷓鴣天》，頁304)

君看流地水，難得正方圓。(《臨江仙》，頁317)

而擾攘的世俗紛芸，也令詞人厭棄：

細看斜日隙中塵，始覺人間，何處不紛紛。……百般啼鳥苦撩人。(《南歌子》，頁130)

不向長安路上行，卻教山寺厭逢迎。……寧作我，豈其卿。人間走遍卻歸耕。(《鷓鴣天》，頁136)

〔註6〕這是朝廷左司諫黃艾彈劾他的話。見《宋會要・黜降官十》，轉引自劉維崇《辛棄疾評傳》，頁154。

於是詞人坦然接受自己命運:「此生自斷天休問,獨倚危樓。」(《醜奴兒》,頁138)「待萬里攜君、鞭笞鸞鳳,誦我遠遊賦。」(《山鬼謠》,頁142)這登高樓、賦遠遊的形象就是詞人孤高心志的表徵。持此心,故雖窮處山林,仍有豪情:

> 胸中書傳有餘香。(《虞美人》,頁234)

> 更把平生湖海、問兒童。(《烏夜啼》,頁149)

> 玉堂金馬,自有佳處著詩翁。(《水調歌頭》,頁128)

至於說:「落佩倒冠吾事,抱病且登臺。」(《水調歌頭》,頁110)「蒼顏照影,故應零落,輕裘肥馬。」(《水龍吟》,頁175)雖言老病,猶有傲氣,縱然世不相知:「高歌誰和余,空谷清音起。」(《生查子》,頁142)自己仍如清風明月。

此外詞人有時還借山園景物寫出自己的胸懷氣度,如《沁園春:靈山齊菴賦,時築偃湖未成》云:「老合投閒,天教多事,檢校長身十萬松。……爭先見面重重,看爽氣,朝來三數峰。似謝家子弟,衣冠磊落,相如庭戶,車騎雍容。」(頁306)則移情於物,借物象神采寫出自己風範,亦是種因物詠懷之詞。

以上所敘是稼軒2.2(小)類詞的內容大概。至於白石,他一生漂泊羈旅,往來江湖,感於節序去來,風物盛衰而寫詞,乃成爲他的主要創作路線。而其內容主要就是描寫一位天涯遊子的孤獨情懷和對鍾愛伊人的思念,如《一萼紅》上片記長沙賞梅並登衡山定王台,下片則云:「南去北來何事,蕩湘雲楚水,目極傷心」,寫出羈旅愁懷,結拍云:「待得歸鞍到時,只怕春深」,則爲兒女相思。這種因遊覽而興旅思,由旅思鄉愁勾起對情人的思念,乃是白石詞中最多數、最基本的寫作型態和內容。若愛情比重多時,就歸入愛情詞(包含以詠物爲題者),若羈旅愁懷多,就視爲以小我爲內涵的「節序詠懷、因景抒情詞」,略舉數作如下:

> 牆頭喚酒,誰問訊,城南詩客。……可惜渚邊沙外,不共美人遊歷。(《惜紅衣》)

疊鼓夜寒，垂燈春淺，匆匆時事如許。倦遊歡意少，俯仰
悲今古。……揚州柳垂官路，有輕盈換馬，端正窺戶。(《玲
瓏四犯》)

向秋來，漸疏班扇，雨聲時過金井。……天風夜冷，自織
錦人歸，乘槎客去，此意有誰領。(《摸魚兒》)

《惜紅衣》寫南來湖州，獨居城隅的孤單，「牆頭」句形象鮮明，結
以客居思北方佳人之悵惘；《玲瓏四犯》由歲暮客遊起思，追憶昔少
年過揚州之風情旖旎，亦寫羈旅兼柔情也；《摸魚兒》寂寥清泠，亦
充滿漂泊之慨。

與稼軒相比，其相同處是二人皆多寫倦遊思歸──唯稼軒是宦
遊，白石客遊也。比較不同的地方是風格，稼軒風格蒼勁有豪放之風，
白石則清幽柔婉，表現婉約派的特色。

貳、退隱愁憤詞

稼軒此類詞有 80 首，寫其感慨鬱抑，有的是激憤語，如：

試彈憂憤淚空垂。(《鷓鴣天》，頁 124)

莫問行藏用舍，畢竟山林鍾鼎，底事有虧全。(《水調歌頭》，
頁 132)

高馬勿捶面，千里事難量。……怨調為誰賦。(《水調歌頭》，
頁 324)

千古忠肝義膽，萬里蠻煙瘴雨。(《水調歌頭》，頁 101)

出處從來自不齊，後車方載太公歸。(《鷓鴣天》，頁 475)

仲尼去衛又之陳，此是乘車穿鼠穴。(《玉樓春》，頁 483)

有時則作諷刺語，如：

百鍊都成繞指，萬事直須稱好，人世幾輿台。(《水調歌頭》，
頁 112)

身後虛名，古來不換生前醉。(《點絳脣》，頁 510)

看封關外水雲侯，剩按山中詩酒部。(《玉樓春》，頁 481)

書萬卷，筆如神，眼看同輩上青雲。(《鷓鴣天》，頁 477)

又常作愁寥語：

> 笑年來，蕉鹿夢，畫蛇杯。黃花憔悴風露，野碧漲荒萊。（《水調歌頭》，頁111）

> 病來自是於春嬾，但別院，笙歌一片。（《杏花天》，頁131）

> 湖海早知身汗漫，誰伴，只甘松竹共淒涼。（《定風波》，頁144）

> 白髮蒼顏吾老矣，只此地、是生涯。（《江神子》，頁135）

> 清愁不斷，問何人，會解連環。（《漢宮春》，頁463）

> 舊時楓落吳江句，今日錦囊無著處。（《玉樓春》，頁481）

在愁寥孤寂中，有時不免陷於消極：

> 老去渾身無著處，天教只住山林。百年光景百年心，更歡須嘆息，無病也呻吟。（《臨江仙》，頁470）

> 身世酒杯中，萬事皆空。（《浪淘沙》，頁500）

> 欲行且起行，欲坐重來坐。……病是近來身，嬾是從前我。（《卜算子》，頁213）

此外，退隱後詞人變得愛喝酒：

> 醉裏且貪歡笑，要愁哪得工夫。（《西江月》，頁486）

> 綠野先生閒袖手，卻尋詩酒功名。（《臨江仙》，頁118）

> 江左沈酣求名者，豈識濁醪妙理。（《賀新郎》，頁338）

> 江頭醉倒山公，月明中。（《烏夜啼》，頁149）

但他的喝酒，常不是快樂地喝：「待學淵明，酒興詩情不相似。」（《洞仙歌》，頁118）也不是有節制地喝，看他「一飲動連霄，一醉長三日，廢盡寒溫不寫書。」（《卜算子》，頁302）分明是借酒澆愁，所謂「酒亦關人何事，政自不能不爾。」（《水調歌頭》，頁110）這樣狂飲當然把身體弄壞，「病來止酒，辜負鸕鷀杓。」（《驀山溪》，頁327）。這種不得不飲、不能不醉，實在是因詞人無法眼睜睜看著國家的淪落，人民的危苦，他心懷殷憂，卻不能有所作為，愁悵悲恨，唯有以酒取醉，故云：「今宵成獨醉，卻笑眾人醒。」（《臨江仙》，頁118）

　　這種種愁鬱感恨、寥落消沈與借酒澆愁，就是詞人5（小）類詞

的主要內容，反映詞人罷官的苦厄心情。

參、鄉居閒適詞

　　稼軒這類詞約有 82 首，表現詞人歸隱的閒適面。既然不得已歸隱，詞人就努力自我安慰，而淵明正是一位知己：

　　　　歲月何須溪上記，千古黃花，自有淵明比。(《蝶戀花》，頁 109)

淵明身處亂世，退而躬耕，雖微如鄙夫野叟，但歿後自留高潔風華、美好詩篇，此稼軒所以引爲同調而安慰內心也。而既歸於田園山林，所見除農夫村人外，就是那可愛的山花山鳥、白鷺沙鷗，這都是以後相處的夥伴，於是詞人就與之結盟爲友，如《水調歌頭：盟鷗》云：「凡我同盟鷗鷺，今日既盟之後，來往莫相猜。」(頁 99)

　　日日處純樸的田園中，生活是簡單、寧靜的，也許有時覺得孤獨，但詞人會乘興遊賞山光水色，吟詠動人詞篇：

　　　　攜竹杖，更芒鞋，朱朱粉粉野蒿開。(《鷓鴣天》，頁 154)

　　　　路轉清溪三百曲，香滿黃昏雪屋。(《清平樂》，頁 156)

　　　　赤腳踏層冰，爲愛清溪故。(《生查子》，頁 249)

　　　　千章雲木鉤輈叫，十里溪風擺稏香。(《鷓鴣天》，頁 151)

寫出他在山林中旅遊的快樂和美好風光，那是很自然、很生活化的，詞人就把美好的信州風景融入平日的生活和心情而撫慰了飽受創傷的心靈，領會一草一木的清幽詩意，感受「涓涓流水細侵階」(頁 307)的優美，體會「曲水流觴，賞心樂事良辰」(頁 354)的蘭亭雅興。於是乘春賞景，神采飛揚：

　　　　春風自滿余懷，更教無日不花開。(《臨江仙》，頁 320)

　　　　艷杏妖桃兩行排，莫攜歌舞去相摧。(《添字浣溪沙》，頁 304)

而且在家裏，可愛的侍女還會歌唱跳舞，排解詞人的煩悶：

　　　　點檢笙歌多釀酒，蝴蝶西園，暖日明花柳。(《蝶戀花》，頁 103)

　　　　擷厭，看精神、壓一龐兒劣。更言語、一似春鶯滑。一團兒美滿香和雪。(《踏歌》，頁 188)

　　　　冰肌不受鉛華污，更詭詭、真香聚。臨風一曲最妖嬌，唱

　　　　得行雲且住。(《御街行》，頁 212)

這麼冰清可愛的女孩爲詞人伴舞歌唱，又滿園蝴蝶春光，自會常令詞人輕快怡然。

　　而除了家人、侍女與山水鷗鳥，農村人民更給予詞人溫厚的友誼，看過節時分肉請酒，殷勤相邀：

　　　　拄杖東家分社肉，白酒床頭初熟。(《清平樂》，頁 155)

　　　　殷勤野老苦相邀。(《鷓鴣天》，頁 358)

在這種種人情的好、風景的美與山花山鳥的怡心勸慰中，怎不令詞人忘其煩惱而樂此田居呢？這就是詞人「鄉居閒適詞」內容風格的來源。且處此風光優美、人情淳厚之地，比起南宋臨安官場中的黑暗鬥爭，江南江北的遷徙漂泊，無從展其才華的生活，不是要快樂多了嗎？所以詞人說：「點檢田間快活人，未有如翁者。」(《卜算子》，頁 399)

　　另外，在這閒適悠遊的時光裏，詞人也寫了不少農村生活、風光的詞篇──即「農村詞」，據顧之京的分析，有 25 首左右。〔註 7〕如：

　　　　松岡避暑，茆簷避雨，閒來閒去幾度。醉扶怪石看飛泉，
　　　　又卻是、前回醒處。　　東家聚婦，西家歸女，燈火門前笑
　　　　語。釀成千頃稻花香，夜夜費、一天風露。(《鵲橋仙》，頁 210)

　　　　父老爭言雨水匀，眉頭不似去年颦。殷勤謝卻甑中塵。　　啼
　　　　鳥有時能勸客，小桃無賴已撩人，梨花也作白頭新。(《浣溪
　　　　沙》，頁 368)

「千頃稻花香」，是無邊的香而美之世界，天女散花亦不過如此；這樣的描寫，那沈摯的大我之愛已融入此美好意象中而興起無邊的美德感發，故詞中已不只是關懷農民，關懷社稷，而是託出一份對理想世界的祝福，這昇華的情思，正是偉大詞人的生命境界。

──────────────

〔註 7〕見《辛棄疾研究論文集》，頁 106。

第六章　稼軒、白石詞形式比較

第一節　修辭 I ——意象

壹、意象詮釋

一、詩詞之美在意象

　　詞和詩一樣，是種美文，優美的韻律性與形象性乃其審美的主要質素。而形象性的達成，自然要靠生動的意象；善寫意象可使短短詞篇含不盡之意，且景象歷歷如在眼前，如克羅齊《美學綱要》所說：「詩是意象的表現，散文則是判斷和概念的表現。」〔註1〕可見以意象傳情乃詩歌的基本特質。詩歌是讓人吟詠，讓人直覺地感覺她的美，而不是讓人來研讀的，所以葉嘉瑩說：「中國文學批評對於意象方面雖然沒有完整的理論，但是詩歌之貴在能有可具感的意象，則是古今中外之所同然的。在中國詩歌中，寫景的詩歌固然以『如在目前』的描寫為好，而抒情述志的詩歌則更貴在能將其抽象的情意概念，化成為可感的意象。」〔註2〕這種變抽象為實體，讓美停駐於永恒的時空畫面裏，就是意象之媚力。

〔註1〕轉引自李元洛《詩美學》，頁168。
〔註2〕轉引自註1，頁170。

二、意象貴在精萃集中

以意象構思，以意象傳達，是詩創作的特質，所以意象乃成為「詩歌藝術最小的能夠獨立運用的基本單位」，〔註3〕即意象是詩人「詩的思維過程中的主要符號元素」。〔註4〕而其構造的重要原則就是要以最短的文字凝聚內心最深最強烈的情感，使讀者受到感動。要達到這個目標，就要使意象經營力求「單純而豐富」，以錘鍊至極的通體光華明淨之結晶──即最具代表性的「典型意象」〔註5〕集中地表現詩人客觀所見和主觀之情，如李商隱《春雨》詩：「紅樓隔雨相望冷，珠箔飄燈獨自歸。」「紅樓」二字寫盡了女子的高貴美麗，而濛濛夜雨籠罩而阻隔之，給予詩人多少遙不可及的茫然，遂孤零地在風雨中提燈而回。「冷」字寫雨之寒，夜之寒、更是心之寒；而一「飄」字狀詩人在夜雨風中漸遠的身影，極為憔悴搖落。故此短短兩句，已完全傾訴了詩人對美好愛情的追求和失望，以象見意，深烙人心，這即是意象鍛鍊的精萃優美所致。由此可知，意象對情感表達的重要。在中國古典詩歌傳統中一直是很重視意象經營的，李商隱「滄海月明珠有淚，藍田日暖玉生煙。」不待明敘，已表現了最淒迷繾綣的愛情，而杜甫「瞿唐峽口曲江頭，萬里風煙接素秋。」亦情接關山，訴說了無限家國之愛，稼軒與白石既為詞的傑出代表，其意象自必可觀。

三、由成功的意象到詩的「境界」

意象本是由人感官知覺的作用在內心喚起的心靈現象，如王夢鷗老師說：「一般心理學者常用這個名詞來指稱人們過去的感覺或已被知解的經驗在心裏再現或記起的『心靈現象』」〔註6〕所以意象的構成與傳遞，是透過人的六根──「眼、耳、鼻、舌、身、意」所具有的

〔註3〕見陳植鍔《詩歌意象論》，頁170。
〔註4〕同註1，頁169。
〔註5〕此段話據註1，頁202、206。
〔註6〕見王夢鷗《文學概論》，頁119。

六種感知能力（六識）而得到的六種感受——「色、聲、香、味、觸、法」而達成的。即作者要表達那縈迴其腦海的意象時，乃是透過文字對人五官六感的觸動能力，即藉文字的色、聲、香、味、觸、法（意）之內涵，經過語意的六識轉換，在讀者腦海重新組成，喚起那份原存於詞人心中的意象。所以對文字修辭的意象分析，就可從「視覺、聽覺、嗅覺、味覺、觸覺、意覺（即語義）」等六種方面，或單一、或組合，來分析文字的意象構成（形式）。

　　而意象表達的這種特質，又直接與意境、境界相關。姚一葦《論境界》云：「境界或意境一詞，是我國所獨有的一個名詞。」〔註7〕是以意境論是中國獨有的，乃本於中國以主觀抒情寫意的文學思想，其所表現的意境之美，常是西方優秀文學作品所不及。至於「境界」一詞，首先明確提出，以之作為詩歌批評之觀念者，乃王國維，他說「故能寫真景物真感情者謂之有境界」。（《人間詞話》），由葉嘉瑩對其「境界說」的探索知，境界一詞蓋本於梵語，意謂「自家勢力所及之境土」，此勢力即吾人各種感受之勢力，所謂六根、六識也，所以境界乃指人能以此六根之功能而得「色、聲、香、味、觸、法」等感受之境；即境界之產生全在吾人感受能力所及，當外在世界未經吾人感受之功能而再現時，則不成為吾之境界。

　　此義用於文學，則境界之義即葉嘉瑩所云：「凡作者能把自己所感知的『境界』，在作品中作鮮明真切的表現，使讀者也可得到同樣鮮明真切之感受者，如此才是『有境界』的作品。」〔註8〕這種現象和「意象」的性質、作用是完全相通的，成功的文學意象正是能喚起讀者六識的鮮明感受，而在腦海真切地重現了作者所體會之景象和感情，這不就是「有境界」嗎？故知優秀的意象是使詩歌產生境界的主力，由此看來，意象的意義更加重要了。

〔註7〕同註5。

〔註8〕見葉嘉瑩《王國維及其文學批評》，頁240；本段論境界據同書，頁239～240。

貳、辛姜詞意象的構成形式

辛棄疾、姜夔皆善以意象之語狀物傳情，其所用意象類型，多非單純一類，而是五官並用，織繪繽紛的詞作意象，如：

紅乍笑，綠長嚬，與誰同度可憐春。(視、聽，《鷓鴣天》，頁 29)

千樹壓西湖寒碧。(觸、視，《暗香》，頁 48)

柏綠椒紅事事新。(視，《鷓鴣天》，頁 67)

想如今，翠凋紅落。(視、聽，《淒涼犯》，頁 41)

——以上姜夔詞

紅蓮相倚渾如醉，白鳥無言定自愁。(視、觸，《鷓鴣天》，頁 153)

日日過西湖，冷浸一天寒玉。(觸，《好事近》，頁 17)

紗窗外，斜風細雨，一陣輕寒。(視、觸，《八聲甘州》，頁 165)

白苧新袍入嫩涼，春蠶食葉響迴廊。(觸、聽，《鷓鴣天》，頁 150)

玉肌紅粉溫柔，更染盡、天香未收。(觸、視、嗅，《柳梢青》，頁 219)

紅旗鐵馬響春冰。(視、觸、聽，《好事近》，頁 235)

——以上稼軒詞

藉著顏色的交織，繪出美好世界，或用冷暖色調的對比(「紅蓮」句)，顯出詞人的冷落；或者用各種濃烈、剛硬、響亮的意象(「紅旗」句)寫出詞人的青春英勇，都是很成功的。

此外，詞人還常以通感方式來構繪意象，[註9] 特別是白石，如：

芳蓮墜粉，疏桐吹綠。(視聽通感，《八歸》，頁 13)

冷香下，攜手多時。(嗅觸通感，《鶯聲繞紅樓》，頁 53)

前例「粉」和「綠」，本分指蓮之紅嫩與桐之翠綠，是視覺意象，卻

〔註9〕意象的通感可參《詩美學》，第十章《五官的開放與交感》；書中，頁519引錢鍾書云：「尋常眼、耳、鼻三覺亦每通有無而忘彼此，所謂，感受之共產。」即指意象的通感現象。

各加以聽覺意象之「墜」、「吹」，形容那紅嫩之豐盈若將滿溢、翠綠得若將飛騰，就形成視覺、聽覺的通感；後例以冷（觸）狀香（嗅），故為嗅、觸通感。藉由通感，使詞意新鮮而充滿詩意。稼軒亦得一例：「疏蟬響澀林逾靜，冷蝶飛輕菊半開。」（《瑞鷓鴣》，頁 436）前句本寫蟬聲稀疏漸歇使人覺得林間幽靜，卻用觸覺的「澀」字形容蟬聲的沙啞，變成了聽、觸通感；而下句「蝶」為眼中物，乃視覺意象，卻以觸覺的「冷」字形容之，就成為視、觸通感。這些都是意象表現上的巧妙安排，為詞增添了許多藝術情思。

參、辛姜詞意象的表達內涵

在意象的內涵方面，由兩人詞作的分析發現，白石因婉約詞的創作傾向，使意象內容也多局限在「個人情懷」與「愛情女性」方面；而稼軒則因詞作多為時代政治與個人志意的表達，所以內涵較白石廣闊，大致可分為：「人格志節」、「政治感懷」及「心情處境」三方面。而二人相較，白石的愛情意象較細膩優美，稼軒的政治關懷則較豐富強烈，茲分敘如下：

一、稼　軒

（一）人格志節

稼軒常以具體意象寄託自己人格志節，如

皎皎太獨立，更插萬芙蓉。（《水調歌頭》，頁453）

有心雄泰華，無意巧玲瓏。（《臨江仙》，頁419）

安得便登天柱上，從容陪伴酬佳節。（《滿江紅》，頁454）

松姿雖瘦，偏耐雪寒霜曉。（《感皇恩》，頁21）

高處掛吾瓢，不飲吾寧渴。（《生查子》，頁387）

我亦卜居者，歲晚望三閭，昂昂千里，泛泛不作水中鳧。（《水調歌頭》，頁311）

或明喻、或暗喻（意象表達的手法），展現自己品格；有時客觀寫物

或寫人，卻也暗寓象徵自己，如：

更無花態度，全是雪精神。(《臨江仙》，頁 190)

冰肌不受鉛華污。(《御街行》，頁 212)

那冰清玉潔的花和女孩，實爲詞人內在精神的具象反映。

（二）政治感懷

稼軒常以「風雨」、「浮雲」、「烏鴉」與「寒」等意象隱喻小人或黑暗現實對自己的摧殘，如：

城中桃李愁風雨。(《鷓鴣天》，頁 472)

記取江頭三月暮，風雨不爲春計。(《念奴嬌》，頁 326)

遮素月，雲外金蛇明滅，翻樹啼鴉聲未徹，雨聲驚落葉。(《謁金門》，頁 219)

浮雲出處元無定，得似浮雲也自由。(《鷓鴣天》，頁 480)

門前萬斛春寒，梅花可瞭摧殘。(《清平樂》，頁 329)

那摧春暮、驚落葉的風雨，正是無情打擊詞人的自私官僚的化身，帶給詞人萬斛的春「寒」。

詞人也常透過意象，道出對國勢危殆之憂，如：

怕萬里長鯨，縱橫觸破，玉殿瓊樓。(《木蘭花慢》，頁 459)

西風林外有啼鴉，斜陽山下多衰草。(《踏莎行》，頁 325)

有時則借意象訴心中壯志：

夜半狂歌悲風起，聽錚錚，陣馬簷間鐵。(《賀新郎》，頁 203)

那簷間鐵的錚錚響亮，不正是鼓吹時代之音的愛國號角嗎？又如：

我最憐君中宵舞，道男兒，到死心如鐵。看試手，補天裂。

(《賀新郎》，頁 201)

破敵金城雷過耳，談兵玉帳冰生頰。……馬革裹屍當自誓，

蛾眉伐性休說。(《滿江紅》，頁 41)

皆是勁勇剛強、誓欲破敵的英雄詞人寫照。

（三）心情處境

借春之意象，詞人寫出滿懷感恨：

舊恨春江流不斷，新恨雲山千疊。(《念奴嬌》，頁 46)

也在淒愴的意象裏訴說自己生命的搖落：

黃花也伴秋光老，何似尊前見在身。(《定風波》，頁 477)

卷盡殘花風未定，休恨，花開元自要春風。(《定風波》，頁 186)

笑年來，蕉鹿夢，畫蛇杯，黃花憔悴風露，野碧漲荒萊。(《水調歌頭》，頁 111)

這些都是詞人寥落心緒的意象表現。

二、白 石

白石幼即隨父宦居漢陽，而十餘歲父親即過世，青年後為尋求出路，多漂泊江湖，故舟行江上，煙水茫茫，前途渺渺，乃多節序羈旅之懷，且常以意象之語表之，如：

空城曉角，吹入垂陽陌，馬上單衣寒惻惻。(《淡黃柳》，頁 35)

候館迎秋，離宮弔月。(《齊天樂》，頁 58)

渚寒煙淡，櫂移人遠。(《八歸》，頁 13)

五日淒涼心事，山雨打船篷。(《訴衷情》，頁 101)

都用生動的意象傳情，如「山雨」句刻劃佳節時孤獨旅人行於山野江中的感受，是很形象傳神的。至於「愛情女性」的意象，或寫女性之美麗，或刻劃了一份淒美的愛情，如：

歌扇輕約飛花，蛾眉正奇絕。(《琵琶仙》，頁 28)

籠鞵淺出鴉頭襪，知是淩波縹緲身。(《鷓鴣天》，頁 29)

酒醒波遠，政凝想，明璫素韈。(《慶宮春》，頁 61)

翠眉織錦，紅葉浪題詩。(《驀山溪》，頁 105)

九疑雲杳斷魂啼，相思血，都沁綠筠枝。(《小重山令》，頁 14)

恨入四弦人欲老，夢尋千驛意難通。(《浣溪沙》，頁 16)

翠尊易泣，紅萼無言耿相憶。(《暗香》，頁 48)

在優美或淒美的意象中都凝聚了內心那份魂牽夢縈的愛情和伊人形象；這些「紅衣入槳，青燈搖浪」的浪漫唯美之意象，是白石內心情

意的主要部分，也是其詞藝中的重要內涵，是應特別加以注意的。

第二節　修辭Ⅱ──造句用語

壹、新　意

　　以造句修辭言，最重要的美學要求應是「精美」與「創新」也，就後者言，白石本極重視，在「白石道人詩說」中論「詩有四種高妙」的第二種：「出事意外，曰意高妙」，此「意高妙」，就是強調詩要有新奇意境的表現。蓋「喜新厭舊，好奇務新，是文學藝術特別是詩歌的一條審美基本規律，也是欣賞者所普遍具有的一種審美心理。」〔註10〕所以，「寫出新意」，才能顯出詞人對生活事象觀察與表達上一種擺落旁倚、直探核心的獨到眼光和文學才情，如李白詩之「奇矯橫逸」與李賀詩「才而奇者」即是如此。要達此境，則第一個工夫就是「鍊字」，詩本為語言的鍊金術，〔註11〕要寫出珠玉之篇，怎能不從字之錘鍊入手？白石善於鍊字，如：

　　　　日落愛山紫，沙漲省潮回。(《水調歌頭》，頁 94)

　　　　淝水東流無盡期，當初不合種相思。(《鷓鴣天》，頁 69)

　　　　衰草愁煙，亂鴉送日。(《探春慢》，頁 17)

　　　　簟枕邀涼，琴書換日。……魚浪吹香。(《惜紅衣》，頁 21)

　　　　冷雲迷浦，倩誰喚玉妃起舞。(《清波引》，頁 11)

　　　　便揉春為酒，翦雪作新詩。(《玉梅令》，頁 47)

　　　　西窗又吹暗雨，……候館迎秋，離宮弔月。(《齊天樂》，頁 58)

「日落」句用「愛」、「省」之人性語將自然物象作有情之意象結合，自有新意；「淝水」句以「種」名相思，好像把相思變成一棵樹，會

〔註10〕見《詩美學》，頁 344。

〔註11〕雪萊《為詩辯護》云：「詩使它所觸及的一切都變形，……它那秘密的鍊金術能夠把從死流過的毒液化為可飲的金汁。」轉引自註 10，頁 345。

隨歲月越來越大，越來越深，如此就深深地喻示此情之沈摯不移；「衰草」與「冷雲」句都因動詞之妙而渲染出一片迷離哀情；而「簟枕」句亦是巧妙地表現光陰荏苒、獨居無聊之感和物象之維妙；至於「西窗」句則寫活了一位多情漂泊者如老宮女般的怨抑情懷。由上面舉例可見詞人動詞鍛鍊之工，此外，詞人又善變化詞性而生妙趣，如《一萼紅》云：「池面冰膠，牆腰雪老。」則鍊名詞為動詞而成寫景佳句也。他又善作疊字、用虛詞，如：

> 燕燕輕盈，鶯鶯嬌輭。（《踏莎行》，頁 20）
>
> 淒淒更聞私語。（《齊天樂》，頁 58）
>
> 漫向孤山山下覓盈盈。（《鬲溪梅令》，頁 64）
>
> 日暮青蓋亭亭，情人不見。（《念奴嬌》，頁 30）
>
> 馬上單衣寒惻惻。（《淡黃柳》，頁 35）
>
> 楊柳夜寒猶自舞，鴛鴦風急不成眠。（《浣溪沙》，頁 32）
>
> 閒記省，又還是、斜河舊約今再整。（《摸魚兒》，頁 40）
>
> 問後約、空指薔薇，算如此溪山，甚時重至。（《解連環》，頁 46）

「燕燕、鶯鶯」以代女子，有柔媚動人之態；「盈盈」者，本於《古詩十九首》其二：「盈盈樓上女，皎皎當窗牖。」用於此使佳人之美更挾古今之風華；「亭亭」本狀荷葉挺立，此則寫出伊人婷婷玉立之丰姿；至於「惻惻」疊入聲十七部促黯之韻，乃寫盡深秋客居、情人已杳的淒涼。後三例則藉虛詞之提領，添其清空，且使詞意更加妥貼婉諧。以上皆詞人鍊字之妙也。

此外，「移情」與「譬喻」，亦是增進詞意之奇妙及形象之豐富的重要手法，白石移情之例如：

> 雁怯重雲不肯啼，畫船愁過石塘西。（《浣溪沙》，頁 66）
>
> 金陵路、鶯吟燕儛，算潮水知人最苦。（《杏花天影》，頁 20）
>
> 樹若有情時，不會得青青如此。（《長亭怨慢》，頁 36）
>
> 歲華如許，野梅弄眉嫵。（《清波引》，頁 11）
>
> 楊柳嬌癡未覺愁，花管人離別。（《卜算子》，頁 96）

數峰清苦，商略黃昏雨。(《點絳唇》，頁 25)

有玉梅幾樹，背立怨東風。(《玉梅令》，頁 47)

或以梅擬佳人，或以愁眼看潮水峰雲，皆移情於物而得之，此即王國
維所云：「有有我之境，有無我之境，……有我之境，以我觀物，故
物皆著我之色彩」(《人間詞話》)之謂也。由白石之移情，見其情深
及物而感發輒起，情景逼現，其境實明明可觀，如在眼前，但王國維
卻云：「白石寫景之作，如『二十四橋仍在，波心蕩冷月無聲』，……
雖韻格高絕，然如霧裏看花，終隔一層。」「南宋詞人，白石有格而
無情。」國維評白石詞終隔一層及無情，揆諸個人對白石詞之剖析尋
譯，竊以為並不公允，由此亦可知解詞之不易也。

至如譬喻之妙，亦可摘數作以見：

聽流漸、佩環無數。(《夜行船》，頁 27)

釵燕籠雲晚不忺，擬將裙帶繫郎船。(《浣溪沙》，頁 32)

春衣都是柔荑翦。(《月下笛》，頁 70)

怕紅萼無人為主。(《長亭怨慢》，頁 36)

枝上幺禽一兩聲，猶似宮娥唱。(《卜算子》，頁 95)

「釵燕」句以「擬將裙帶繫郎船」之意象喻佳人之痴情是極美妙的，
而「柔荑」、「紅萼」、「宮娥」等譬喻都表露詞人對自然花鳥常以女性
作直接的聯想，亦可見其情感的特色所在。

至於稼軒，一般說來，他少在鍊字上刻意講求，鍊字之工多為婉
約派詞人所擅，稼軒則多在內容構句上講求；其中「移情」與「譬喻」，
是他與白石皆擅長者，而他個人詞作上較突出的修辭法乃是「諷刺」
與「用典」。後者是稼軒詞藝與作品內涵的重要一環，當另外敘之，
此處先論「諷刺」。

「諷刺」者，蓋心有不平而作刺譏也，乃稼軒用以表達對政治污
暗、現實人生之不滿與抒落職閒廢之憂愁感慨。就修辭的方式言，又
可分成「直諷」與「反諷」，前者表面情緒憤慨，後者則較冷靜些，
以委曲口吻翻一層寫，故作幽默自嘲語，然實內寓悲淒。直諷之例如：

　　近來始覺古人書，信著全無是處。(《西江月》，頁 486)

　　萬事直須稱好，人世幾輿台，劉郎更堪笑，剛賦買花回。(《水調歌頭》，頁 112)

　　仲尼去衛又之陳，此是乘車穿鼠穴。(《玉樓春》，頁 483)

詞中詞人對世俗是非不明，小人當道的憤慨是很強烈而明顯的，一見即知。至於反諷者，如：

　　浮雲出處元無定，得似浮雲也自由。(《鷓鴣天》，頁 480)

　　君恩重、且教種芙蓉。(《小重山》，頁 264)

　　此身忘世深不易，使世相忘卻困難。(《鷓鴣天》，頁 337)

　　君歸休矣吾忙甚，要看蜂兒趁晚衙。(《鷓鴣天》，頁 475)

　　不妨舊事從頭記，要寫行藏入笑林。(《鷓鴣天》，頁 477)

　　吾有志，在丘壑。(《賀新郎》，頁 385)

　　都休殢酒，也莫論文，把相牛經，種魚法，教兒孫。(《行香子》，頁 392)

前三例是以上下句相反意思的對比成反諷，其他則是整聯作反諷語，諷刺之語藏於紙背，然稍一尋思，即可知矣。這種反諷手法，感喟嗟恨，無疑地是構成稼軒詞鬱抑悲涼、曲折含蘊風格的重要因素。

　　而其移情，亦可舉數例以見：

　　枝上柳蠻，休作斷腸聲。(《江神子》，頁 183)

　　春水無情，礙斷溪南路。(《點絳唇》，頁 139)

　　卻怪白鷗，覷著人欲下未下。(《醜奴兒近》，頁 138)

　　青山意氣崢嶸，似為我，歸來嫵媚生。(《沁園春》，頁 297)

可見詞人與山、水、花、鳥相感的多情心靈，與白石亦是相似的。而譬喻之法，則如：

　　青梅如豆，……笑我倚東風，頭如雪。(《滿江紅》，頁 195)

　　笑富貴千鈞如髮。(《賀新郎》，頁 201)

　　自昔佳人多薄命，對古來、一片傷心月，金屋冷，夜調瑟。(《賀新郎》，頁 203)

　　貴賤偶然渾似，隨風簾幌，籬落飛花。（《玉蝴蝶》，頁 379）

　　何物比春風，歌脣一點紅。（《菩薩蠻》，頁 186）

　　望重歡，水雲寬。《江神子》，頁 178）

上面除後二例屬女性意象之聯想或內容外，其他數例則寫入個人與世事之感，「自昔佳人」句乃以全句象徵自己堅貞之心志與失意之感慨，由這些例子已可見稼軒聯想的情意世界常包含政治遭遇，不似白石多集中於愛情和女性也。

貳、佳句與對偶

　　白石詞精麗優美，佳句處處可得；而稼軒才氣闊大，不待雕琢，自成佳構，如劉融齊云：「稼軒詞龍騰虎擲，任古書中理語瘦語，一經運用，便得風流，天資是何夐異。」〔註12〕白石佳句如：

　　梅雪相兼不見花，月影玲瓏徹。（《卜算子》，頁 95）

　　中流容與，畫橈不點清鏡。（《湘月》，頁 9）

　　月落潮生，拽送劉郎老。（《點降脣》，頁 45）

　　又還是、宮燭分煙，奈愁裏悤悤換時節。（《琵琶仙》，頁 28）

　　最可惜一片江山，總付與啼鴃。（《八歸》，頁 13）

而對偶之妙，亦形乎辭：

　　疊鼓夜寒，垂燈春淺，匆匆時事如許。（《玲瓏四犯》，頁 52）

　　古簾空，墜月皎。（《秋宵吟》，頁 44）

　　遙憐花可可，夢依依。（《小重山令》，頁 14）

　　旌陽宅裏疏疏磬，挂屬楓前草草杯。（《阮郎歸》，頁 56）

而稼軒佳句，如：

　　千樹柳，千絲結，怕行人西去，棹歌聲闋。（《滿江紅》，頁 171）

　　事如芳草春長在，人似浮雲影不留。（《鷓鴣天》，頁 224）

　　弔古愁濃，懷人日暮，一片心從天外歸。（《沁園春》，頁 243）

　　馬上琵琶關塞黑，更長門翠輦辭金闕。（《賀新郎》，頁 429）

其語雖不似白石那樣婉諧唯美，然氣格清壯、如「馬上琵琶關塞黑」

〔註12〕引自蔡德安《詞學新論》，頁 96。

之語，即白石所不能言。

參、用　典

　　「用典」，或稱「用事」，如劉勰《文心雕龍‧事類》云：「事類者，蓋文章之外，據事以類義，援古以証今者也。」它乃是「引用古事、古語含蓄地表達自己的思想感情、証明自己觀點的一種修辭方法和論証方法。」〔註13〕而細分之，依典故性質又可分「事典」和「語典」，事典是用古人之事，語典用古人詩詞，如《文心雕龍‧事類》云：「明理引乎成辭，征義舉乎人事」之「人事」、「成辭」。

　　稼軒善於用典，乃眾人皆知，其典故運用之豐富與藝術之突出，在詞壇上不僅是前無古人，恐怕亦後無來者，如劉辰翁在《辛稼軒詞‧序》所云：「詞至東坡，傾蕩磊落，如詩如文，如天地奇觀，豈與群兒雌聲學語較工拙；然猶未至用經、用史，牽雅頌入鄭、衛也。自辛稼軒前，用一語如此者必且掩口。及稼軒橫豎爛熳，乃如禪宗棒喝，頭頭皆是。」其後清代吳衡照《蓮子居詞話》亦稱譽稼軒：「別開天地，縱橫古今，論、孟、詩小序、左氏春秋、南華、離騷、史、漢、世說、選學、李杜詩，拉雜運用，彌見其筆力之峭。」其贊譽如此。而由作品觀之，亦確見稼軒用典之精當痛快，使古人詩情氣概、成敗悲歡再現筆下，充滿「鮮活之生命力」，〔註14〕此蓋詞人強大沈厚之生命內涵與感發力所致。而關於稼軒用典內涵，今人陳滿銘已於《蘇辛詞比較研究》一書中作了精密分析，故就不再贅敘，僅就其顛峰之作《永遇樂：京口北固亭懷古》略分析之。

　　此詞是稼軒66歲時任鎮江知府寫的。鎮江昔名京口，北固亭在城北北固山上，亭正在山崖邊，下臨蒼茫洶湧的長江煙波，氣象萬千，筆者亦曾親自登臨俯眺長江萬里煙波，無限感懷（見論文附圖十三）詞人此時二度出仕，身負抗金大任，遂在登上這千古的第一江山時，

〔註13〕見祁志祥《中國古代文學原理》，頁135～136。
〔註14〕見葉嘉瑩《靈谿詞說》，頁431。前面劉、吳兩段引文亦同。

思懷古今英雄、人世興衰，而作此悲涼慷慨的懷古詞。這首詞思想上的特色當然在於其取則古今教訓，對北伐大業予以規諫指引，並抒南來 43 年沈淪不用、今已老大之哀感；然今喜南宋終將北伐，自己一生志願終有實現之日，故有悲喜交集、豪情壯志與生命悲涼交織的感慨蒼涼。其藝術的特色，就是全首皆用典故來表達思想，共用了孫權、劉裕、宋文帝、魏武佛貍祠、廉頗等人，在古人相續的興亡成敗中得出歷史教訓，以此勸戒南宋朝不要草率北伐，並給自己期許，希望能為國效忠，有所建樹也。

稼軒之用典故，既反映他生命情感的強大內涵足以感發古今，另一方面也是處在現實腐敗政治下不得不的方法；蓋藉古人詩典、事典以為隱喻象徵，就使詞意表達上有了一層曲折含蓄，減少政治忌害；稼軒許多以婉約形式表達的愛國詞，如「節序詠懷類」和「詠物類」，藉暮春、花鳥以抒悲愁，就常用典故，如《摸魚兒》（更能消幾番風雨）等。總括而言，稼軒之用典，乃是為其大我為主體的詞作思想情志而服務的，而不在技巧上。

至於白石，其用典就帶有較多的技巧成分，在《白石道人詩說》中他論用典的方法是：「僻事實用，熟事虛用。」故可以此二點為中心來看其用典之法。在評論之前，先略舉其詞用典之例，並分事典、語典兩類：

燕燕輕盈，鶯鶯嬌軟，分明又向華胥見。（《踏莎行》，頁 20）

浮雲安在，我自愛、綠香紅舞。（《石湖仙》，頁 23）

動庾信清愁似織。（《霓裳中序第一》，頁 5）

漸喚我一葉夷猶乘興。……鱸魚應好，舊家樂事誰省。（《湘月》，頁 8）

衛娘何在，宋玉歸來，兩地暗縈繞。（《秋宵吟》，頁 44）

金谷人歸，綠楊低掃吹笙道。（《點絳唇》，頁 45）

何遜而今漸老，都忘卻春風詞筆。（《暗香》，頁 48）

猶記深宮舊事，那人正睡裏，飛近蛾綠。莫似春風，不管

盈盈，早與安排金屋。（《疏影》，頁48）

茂陵遊倦，長干望久。……甚謝郎也恨飄零，解道月明千里。（《水龍吟》，頁52）

江淹又吟恨賦。（《玲瓏四犯》，頁52）

歌罷淮南青草賦，又萋萋。（《江梅引》，頁63）

前身諸葛，來遊此地，數語便酬三顧。（《永遇樂》，頁90）

問逋仙今在何許。（《法曲獻仙音》，頁102）

寂寞劉郎，自修花譜。（《側犯》，頁103）

長干百下，青樓朱閣，往往夢中槐蟻。（《永遇樂》，頁105）

——以上事典

想桃葉當時喚渡。（《杏花天影》，頁20）

雙槳來時，有人似、舊曲桃根桃葉。……十里揚州，三生杜牧，前事休說。（《琵琶仙》，頁28）

知是淩波縹渺身。（《鷓鴣天》，頁29）

昭君不慣胡沙遠，但暗憶、江南江北。想佩環、月夜歸來，化作此花幽獨。（《疏影》，頁48）

政凝想、明璫素韈。（《慶宮春》，頁60）

漫向孤山山下覓盈盈、翠禽啼一春。（《高溪梅令》，頁64）

沈香亭北又青苔。（《虞美人》，頁99）

陽關去也，方表人腸斷。（《蕚山溪》，頁105）

——以上語典

由上面對詞作用典的大概摘要，發現其中除了「前身諸葛」指報國英雄辛稼軒，與「昭君不慣胡沙遠」可能喻指北宋淪亡，徽、欽二帝北狩之悲外，[註15] 其他用典的詞，都是以愛情或個人情懷為內容，如何遜、江淹、茂陵、淮南、劉郎都指向個人羈旅之恨，金谷、衛娘、娥綠、金屋、桃根桃葉、三生杜牧、淩波、明璫、盈盈等都指向女性

[註15] 參見《姜白石詞編年箋校》，頁49～50。

或愛情，由此可窺見白石創作內涵，蓋以個人情懷為主也。

以上是他用典內容，至於用典方法，依其《詩說》，可分兩點略敘：

一、熟典虛用

指對尋常熟知的典故，使用時要加以含融渾化、或轉化其語其義，以避熟避俗而有新意，如：

> 折寒香、倩誰傳語。(《夜行船》，頁 27)

> 文章信美知何用，漫贏得天涯羈旅。(《玲瓏四犯》，頁 52)

> 歎寄與路遙，夜雪初積。(《暗香》，頁 48)

> 九疑雲杳斷魂啼，相思血，都沁綠筠枝。(《小重山令》，頁 14)

> 此地，宜有詞仙，擁素雲黃鶴，與君遊戲。(《翠樓吟》，頁 18)

> 采香徑裏春寒，老子婆娑，自歌誰答。(《慶宮春》，頁 60)

> 數峰清苦，商略黃昏雨。(《點絳脣》，頁 25)

上例中，一、三兩例蓋脫化自南朝何遜在揚州折梅寄北方陸凱，並作《早梅詩》云：「江南無所有，聊寄一枝春。」及《古詩十九首》其九：「庭中有奇樹，綠葉發華滋。攀條折其榮，將以遺所思。馨香盈懷袖，路遠莫致之。」然前者為友朋之誼，此則為情侶之愛；後者為春天綠葉華滋之蘭蕙，此為冬日凌霜之寒梅，故用典中就有了意思的轉化。二例用杜甫《旅夜書懷》：「名豈文章著」之意，而語氣更強烈，寫出生涯漂泊、事業無成的嗟嘆。四例用舜亡於蒼梧而娥皇、女英奔喪淚灑竹枝而成斑之典，以淒美幽怨之語寫之，喻自己與伊人的深情，用典渾融、情意感人。五例用李白詩意並想像其詩仙逸韻，引為相知。六例「采香徑」大有來歷，乃昔吳王為西施築館娃宮之山中采香草之徑也，宮在蘇州靈巖山上，因白石作此詩之地在吳縣垂虹橋，正在蘇州附近，故因聯想而用此語，蓋用以隱喻對心愛伊人之思慕，故後面云：「酒醒波遠，政凝想，明璫素韈。」白石去西施時已遠，此刻亦不在靈巖山上，故突然插入此語，就如張炎說的：「姜白石詞如野雲孤飛，去留無迹。」顯出詞人「清空」的風格與想像的高妙，

用典之法自然是虛用，但因此典太有名了，故不難尋思而體會詞人微妙的情意，這就是「熟事虛用」也。最後一例出自錢起《湘靈鼓瑟》：「曲終人不見，江上數峰青。」卻易其清靈縹渺轉寫自心的淒苦愁懷，如此變化其詞其意，亦屬熟典虛用。

二、生典實用

此謂若所用典故是較冷僻的，則用法就要較質實，即原典故之人、事、地名稱要清楚，詩句也不能太多改用，且用原典之涵義，如此才容易為人理解，不致流於晦澀，其例如：

> 韋郎去也，怎忘得玉環分付。(《長亭怨慢》，頁 36)

> 寂寞劉郎，自修花譜。(《側犯》，頁 103)

前例用韋皋與江夏女玉蕭的愛情故事，事見《雲溪友議》，因這不是普遍的典故，故白石用於此以寫自己與合肥女子的愛情，乃直接用「韋郎」語，而敍述情節也直切原典，如此用典則表意能明確，情感亦生動鮮明矣，即生典實用也。後例之「劉郎」乃是個更冷澀的典故，其實在詩典中，劉郎有好幾人，如李商隱的「劉郎已恨蓬山遠」之劉郎，與稼軒：「劉郎更堪笑，剛賦買花回」的劉郎（劉禹錫），白石此處乃指修芍樂譜的宋代劉攽，以切合詞「詠芍藥」之題，抒寫自己寂寞賞花的心情，然其人事僅見宋史藝文志，一般人皆不知，故白石此處就用很明白質實的話來說，亦生典實用之例。以上所敍即白石用典之大概也。

第三節　修辭Ⅲ──章法結構

章法者，乃篇章之結構方法，即格局佈置、意思變化、情景安排等手法也。以詞而言，因牽涉用調押韻，故當隨情感性質選擇適合的韻部，再取聲情相配的詞牌（包括長調小令的選擇）填寫，如王易云：「就作者言，則本情以尋聲，因聲以擇調，由調以配律」(《詞曲史‧構律第六》) 之意也。而調、韻既定，再來就是詞意的安排、情景典故素材的構思；其中詞意安排的重點乃是上下片如何起結、及歇拍過片如何轉承，如周濟云：「古人名換頭為過變，或藕斷絲連，或異軍突起，皆須

令讀者耳目振動，方成佳制。」（《介存齋論詞雜著》）張炎亦云：「命意既了，思量頭如何起，尾如何結，方始選韻，而後述曲。最是過片，不要斷了曲意，須要承上接下。」（《詞源・卷下・製曲》）皆說明了詞章法的基本原則。本此原則，對辛、姜詞之章法，可略從三方面析之，一是起結情感變化，二是結篇情景結構，三是起興方式。茲分敘如下：

壹、起結情感變化

指詞意表達的顯隱、情緒悲喜高低寬窄之變化等。稼軒性豪放慷慨，詞作亦常起拍直吐旨意，即「起顯」也，如《行香子：三山作》（頁276）寫帥福建時感到現實困阻危險，思歸田園，起句云：「好雨當春，要趁歸耕。」即明敘意旨；又如《醜奴兒》（頁 138）寫罷官退隱的悲涼，云：「此生自斷天休問，獨倚危樓」、《水調歌頭》（頁 356）用太白韻自敘情操云：「我志在寥闊，疇昔夢登天。」及《綠頭鴨：七夕》（頁556）寫離情云：「歎飄零，離多會少堪驚。」皆起拍明訴衷懷也。這種「起顯」的形式，使稼軒表現豪放愛國情感、壯志時，更加顯得突出不凡，最能顯出詞人之精神氣概，如《念奴嬌》：「少年橫槊，氣憑陵，酒聖詩豪餘事。」（頁 173）及《鷓鴣天》：「壯歲旌旗擁萬夫。」（頁 392）有時候詞人則以「先隱後顯」的方式，結拍時才抒情懷，如《蘭陵王：賦一丘一壑》結云：「古來賢者，進亦樂，退亦樂。」（頁 301）

至於情緒的寬窄喜悲變化，可以下面幾例見之：

醉裏挑燈看劍，夢回吹角連營。……了卻君王天下事，贏得生前身後名，可憐白髮生。（《破陣子》，頁 204）

一水西來，千丈晴虹，十里翠屏。……清溪上，被山靈卻笑，白髮歸耕。（《沁園春》，頁 297）

莫殢春光花下遊，便須準備落花愁。……新愁次第相拋舍，要伴春歸天盡頭。（《鷓鴣天》，頁 304）

甚矣吾衰矣。悵平生、交游零落，只今餘幾。……回首叫、雲飛風起，不恨古人吾不見，恨古人、不見吾狂耳。知我者，二三子。（頁 338）

前二詞情緒乃由喜、由寬，而變悲、變窄之例；後二詞則由悲窄變寬喜而有意興飛揚之致也。

至於白石，起句明陳詞句者如：

好花不與殢香人，浪粼粼。（《鬲溪梅令》，頁 64）

泚水東流無盡期，當初不合種相思。（《鷓鴣天》，頁 69）

前首《鬲溪梅令》以梅之被粼粼波浪所隔，喻寫情人之遙隔不得；後首《鷓鴣天》假泚水東流一去不返，言此情之悲劇錯誤，皆以象言意，詞意顯見，既沈痛又含蓄。至於結句方明旨意者，如《徵招》結云：「水葓晚，漠漠搖煙，奈未成歸計。」及《驀山溪．詠柳》結云：「煙渡口，水亭邊，長是心先亂。」皆於結拍才寫出羈旅之愁與愛情別恨之主旨。

至於情緒的悲歡變化，如《湘月》起云：「五湖舊約，問經年底事，長負清景。」有嘆息青春飛逝之傷情，然結云：「鱸魚應好，舊家樂事誰省。」則想像歸家歡聚、無憂俗事之樂，就顯得寬易多了，乃由窄變寬之例；而情緒由樂轉愁者，如《鷓鴣天．十六夜出》上片云：「輦路珠簾兩行垂，千枝銀燭舞傞傞。」一片元宵歡樂景象，但結拍：「鼓聲漸遠遊人散，惆悵歸來有月知。」則情緒轉為寥落矣。

貳、結篇情景結構

這裏主要針對結尾情景安排方式而言，稼軒以景結尾之例如：

斫去桂婆娑，人道是、清光更多。（《太常引》，頁 30）

謾教得陶朱，五湖西子，一舸弄煙雨。（《摸魚兒》，頁 33）

憑畫欄，一線數飛鴻，沉空碧。（《滿江紅》，頁 64）

一例以自然之景結而寄諷刺，二例以典故之景結而寓悲涼，三例以登高所望之蒼茫天涯抒羈旅之惆悵，皆寓情於象，含蓄深刻。至於以情結篇之例如：

愁為倩，幺絃訴。（《賀新郎》，頁 63）

都休問，英雄千古，荒草沒殘碑。（《滿庭芳》，頁 66）

今宵成獨醉，卻笑眾人醒。（《臨江仙》，頁 118）

> 胸中不受一點塵，卻怕靈均獨醒。(《西江山》，頁411)
>
> 畫梁燕子雙雙，能言能語，不解說、相思一句。(《祝英臺近》，
> 頁85)

這種直接訴情的方式，表意發露，較少含蓄，卻能明白強烈表達詞人感情。

　　而白石婉約之詞，本重含蓄，故多以景含情，以景語結篇，正如沈義父《樂府指迷》所云：「結句須要放開，含有餘不盡之意，以景結情最好。」白石以景結情之筆如：

> 歸來後，翠尊雙飲，下了珠簾，玲瓏閒看月。(《八歸》，頁13)
>
> 九疑雲杳斷魂啼，相思血，都沁綠筠枝。(《小重山令》，頁13)
>
> 淮南皓月冷千山，冥冥歸去無人管。(《踏莎行》，頁20)
>
> 淮南好，甚時重到，陌上生春草。(《點絳脣》，頁45)
>
> 漫向孤山山下覓盈盈，翠禽啼一春。(《鬲溪梅令》，頁64)

此等結拍之語，意境幽美，景皆非眼前景耳，而是透過腦海的回憶、典故與心靈想像力之虛實交織而重新融鑄的理想「意象」，有更耐人尋味的藝術之美。

　　有時詞人也以直訴白描的情語道其衷情，如《長亭怨慢》結云：「算空有并刀，難翦離愁千縷。」《秋宵吟》結云：「但盈盈、淚灑單衣，今夕何夕恨未了。」亦沈摯感人，蓋情深而語真也。

參、起興方式

　　這是指詞起首的聯想方式，在本論文第四章對詞作分類所提出的詞題形式，如送別、詠物、懷古等，自然是詞寫作的動機觸發，但這裏所云之「起興方式」乃專指情意、意象的聯想形態，就稼軒而言，大致可分為「因節序起興」及「因景抒情」兩種，前者如《摸魚兒》(更能消幾番風雨)、《賀新郎》(柳暗淩波路，送春歸、猛風暴雨，一番新綠)(頁63)及《定風波：暮春漫興》(少年春懷似酒濃)(頁186)等，皆因暮春之感而抒；而《金菊對芙蓉：重陽》(遠水生光，遙山聳翠，霽煙深鎖梧桐)及《滿江紅》(風捲庭梧，黃葉墜，新涼如洗)(頁251、

457）則因秋晚而寫。至於借景而抒，如《山鬼謠》（頁 142）乃借雨巖賦寫世途之風波與將高蹈避害之願，《水調歌頭》（頁 258）、《小重山：三山與客泛西湖》（頁 264）皆借遊西湖而抒志懷也。

　　至於白石，在寫詞的聯想起興方面，他有個很大的特色是：他常對眼前景物作一種女性形象的聯想，如：

　　　　一春幽事有誰知，東風冷，香遠茜裙歸。（《小重山令》，頁 13）

　　　　冷雲迷浦，誰解喚玉妃起舞。（《清波引》，頁 11）

　　　　中流容與，畫橈不點清鏡。誰解喚起湘靈。（《湘月》，頁 8）

　　　　綠絲低拂鴛鴦浦，想桃葉當時喚渡。（《杏花天影》，頁 20）

　　　　客裏相逢，籬角黃昏，無言自倚修竹。（《疏影》，頁 48）

　　　　垂虹西望，飄然引去，此興平生難遇。酒醒波遠，政凝想，
　　　　明璫素襪。（《慶宮春》，頁 60）

不論梅邊柳下、江畔橋上，不管秋月花朝、春暮多雪，因景興思，多是一古典中的絕代佳麗，如此聯想的方式意義何在呢？這當然不是偶然的，這現象正說明了詞人心中有份念念不忘的深摯愛情、腦海有一縈繞不去的佳人形象，於是不管何時何地，詞人總常想起她——她就是合肥的情侶、白石一生情詞歌詠的對象。且在漫長的歲月、遙遠的江湖闊別中，詞人已將這份深情日益昇華美化，於是伊人在詞中就化身成一絕代清麗的美人。所以可知：女性形象已成為他詞中一個基本意象，這意象乃是構成其綩約柔美詞風的重要因素。再回溯第一章第三節對溫庭筠詞的分析，可以發現就情感與形象風格上，白石詞與飛卿女性愛情詞是很有相似之處的。

第四節　格律 I ——詞調

　　辛棄疾詞共 626 首（依鄧廣銘），含小令 55 調、362 首，長調 46調、264 首；長短調共 101 調。〔註16〕

<hr>

〔註16〕據陳滿銘《蘇辛詞比較研究》，第一章。

　　姜夔詞共 84 首（依夏承燾），含小令 19 調、42 首，長調 37 調、42 首，長短調共 56 調。

　　以辛棄疾與姜夔詞比較，則兩人同用詞調有 18 調，含小令 8 調、長調 10 調；詞作數則辛棄疾 245 首，姜夔 45 首，各占其作品的三分之一多及二分之一多。茲列表如下：

	長　調										小　令								合計
稼軒詞作數	22	34	3	13	1	6	7	37	5	2	16	5	63	3	13	9	1	5	245首
共同詞調	念奴嬌	滿江紅	摸魚兒	水龍吟	喜遷鶯	漢宮春	洞仙歌	水調歌頭	永遇樂	蓦山溪	浣溪沙	踏莎行	鷓鴣天	小重山令	卜算子	好事近	阮郎歸	虞美人	18調
白石詞作數	3	1	1	1	1	2	1	1	2	2	6	1	7	2	8	1	2	3	45首

　　而姜夔所用 56 調中，扣除與辛棄疾同用的調子，剩長調 27、小令 11 是個人所用者，茲將其詞調來源性質，列表於下：〔註17〕

	長　調（27調）																		
詞調名稱	揚州慢	霓裳中序第一	翠樓吟	惜紅衣	石湖仙	長亭怨慢	凄涼犯	秋宵吟	暗香	疏影	角招	徵招	一萼紅	清波引	八歸	眉嫵	探春慢	琵琶仙	湘月
詞調性質或來源	有曲譜之自度曲（12調）												無曲譜之自度曲（該調今存作最早者）						

〔註17〕以下表中詞調分析，「有曲譜之自度曲」即姜夔流傳之十七首自度曲（長調 12、小令 5）。而「無曲譜之自度曲」乃指此調此體存作始見姜夔，但不確定此調創於姜夔否（資料不足證明），其他云「用邦彥」或「馮延巳」等，情形亦同；資料則據《詞名索引》（吳藕汀著）及《索引本詞律》（清・萬樹撰）等。

	長　調								小　令（11調）										
詞調名稱	側犯	解連環	玲瓏四犯	齊天樂	慶宮春	月下笛	法曲獻仙音	江梅引	玉梅令	杏花天影	淡黃柳	醉吟商小品	鬲溪梅令	鶯聲繞紅樓	點絳脣	夜行船	憶王孫	少年遊	訴衷情
詞調性質或來源	周　邦　彥							宋·程垓	有曲譜之自度曲					存詞最早者	馮延巳	歐陽修	秦觀	晏殊	唐教坊曲

　　由前敘得知：

（一）就詞調運用和創作言

　　白石長調 37 調中，除與稼軒同用 10 調外（多屬豪放派習用者），餘 27 調，竟恰好填 27 首，即每調僅填一首（小令之自度曲亦然），其中自度曲又佔多數。可見他精詞樂，不喜用前人之調，好作新曲、用長調抒情寫意，表現音樂才華。此用調多而作詞少，可見他在填詞與音樂上極度考究的態度；或許也是他生活範圍沒那麼複雜、情感不那樣激烈，所以不經常需要寫詞抒解。若稼軒則一調常填至數十首，亦不自度曲，﹝註18﹞可見稼軒不在詞樂上講求，或亦不擅之，乃專就現有詞調填就；其填詞之多，見其情感之激切慷慨，不得不抒，所謂「稼軒不平之鳴，隨處輒發」（周濟《介存齋論詞雜著》）也。

　　而白石創作詞調的方式有哪些呢？主要有：1. 截取唐代法曲、大曲中片段而成者，如《霓裳中序第一》。2. 犯調，即取不同曲調以成一曲而宮調相犯者，如《淒涼犯》。3. 由當時樂工演奏曲調譯出新譜者，如《醉吟商小品》。4. 改變舊譜聲韻另製新腔者（一般不視爲新創調，因格律平仄大部分與舊調相同），有 4 調即《湘月》、《玲瓏四犯》、《滿江紅》、《慶宮春》，又可分爲二種：一是移宮換調，如《玲

[註18] 檢索稼軒所用 101 調，發現「醉太平、太常引、尋芳草、錦帳春」4 調詞作皆始見於稼軒，未知是否爲稼軒創調。（據同註 17）

瓏四犯》自注云：「此曲雙調，世別有大石調一曲。」〔註19〕二是改變押韻，如《滿江紅》序云此調舊作爲仄韻，多不協律，因作此平韻詞以壽湖姥也。5. 用琴曲作詞調者，有《側商調古怨》。6. 他人作曲，己填詞實之者，如《玉梅令》。7. 先寫詞，再譜出旋律，方式如《長亭怨慢》序所云。〔註20〕

　　此外，在白石自用的 27 個長調中，非自度曲的 8 調，竟有 7 調（側犯、解連環、玲瓏四犯、齊天樂、慶宮春、月下笛、法曲獻仙音）都本於周邦彥，可見在最能表現婉約派創作特色的長調部分，他不是自度曲調，就是取則美成，暗示他在創作上隱然向周邦彥學習之傾向，也透露他本質上的婉約派詞人生命。這點現象，由詞史的角度喻示了白石應非刻意自創一派一格，而是承襲了北宋周邦彥的婉約派路線，並因自我性情與生平的影響，而別開出所謂「雅正派」或「清空派」，那雅正、清空之風格，實乃白石自我性情與審美追求的自然流露，在創作上，他並非刻意標榜以異於傳統婉約派，否則他不會有意多用美成之調，是以在流派觀念上，筆者以爲仍宜將白石歸於婉約派也。

（二）就詞調聲情與詞作文情關係言

　　第三章第三節中提到詞的感情有文情、有聲情。就聲情言，可分爲語言聲情和音樂聲情：前者指詞文吟誦或歌唱時語調抑揚高下中的感情，後者指詞調演奏時，合宮調的情緒特質與樂曲旋律所表現出的情感；合此語言與音樂的聲情，即爲「詞調聲情」也。此聲情雖不能限定創作內容，但對詞作情感、風格應有直接影響，如王易《詞曲史・構律第六》云：「今宋詞之宮調律譜，固無從悉知，然詞調之聲情，尚可得而審別。……蓋詞有剛柔二派，調亦如之。毗剛者，亢爽而雋

〔註19〕　此注語見陸本，參《姜白石詞編年箋校》，頁 53。又《慶宮春》詞應名《慶春宮》，始見周邦彥、平韻，白石此作爲入聲韻，《詞名索引》云此調仄韻始見南宋王沂孫（頁 107），非也，乃始於白石也。還有《湘月》一曲亦是轉變《念奴嬌》之宮調而譜者。

〔註20〕　本段所敘據《南宋姜吳派詞之研究》（顏天佑著），第二章第七節。

快；毗柔者，芳悱而纏綿。賦情寓聲，自當求其表裏一致，不得乖反。……六州歌頭、水龍吟、念奴嬌、賀新郎、摸魚兒、滿江紅、哨遍等調，則揮灑縱橫，不宜側艷。」其所云《六州歌頭》，張孝祥用以抒故國腥羶、國事沈淪之恨；《水龍吟》，稼軒以之為韓南澗壽，吐出重整乾坤之壯志；《念奴嬌》一曲，東坡於赤壁高唱「大江東去」的渾厚蒼涼；以至《賀新郎》、《摸魚兒》，稼軒怒唱「男兒到死心如鐵」的激情與此身「更能消幾番風雨」的怨抑，莫不充滿灑落雄渾的精神氣勢和志向，表現剛性氣質。然姜夔之《水龍吟》（夜深客子移舟處）、《摸魚兒》（向秋來、漸疏班扇）卻為愛情之作，幽情低迴，純然婉約（二調皆僅一首）；又《念奴嬌》（鬧紅一舸）寫情云：「日暮青蓋亭亭，情人不見，爭忍凌波去。」無限旖旎柔婉，亦充滿「冷香」幽韻的唯美情調，豈似毗剛縱橫之詞。故由白石詞作發現他並不受豪放性詞調的聲情所限，卻以之抒寫愛情，表現婉約之風，這種現象既說明他精神中愛情的重要份量，也顯示他對詞調音樂掌握能力之高超，足以隨情運用，任意驅遣，不為傳統所限也。

第五節　格律Ⅱ──用韻

壹、用韻內容

　　稼軒、白石詞，就用韻的平仄言，據陳滿銘《蘇辛詞比較研究》統計，稼軒詞 626 首，用平聲韻部有 365 首，佔全集百分之五十七；用仄聲韻部 159 首，佔全集百分之二十七；用入聲韻部 102 首，佔全集百分之十六。〔註21〕

　　而白石部分，據筆者分析，發現全集 84 首，而實際用韻韻部達 91 次（首），〔註22〕分別是用平聲韻部 34 首，佔全集百分之三十七；

〔註21〕見陳滿銘《蘇辛詞比較研究》，第二章《蘇辛詞行韻之比較研究》；以下韻部亦然。

〔註22〕筆者對白石各部用韻之計算是以用韻次數為準，不以首為限，因為

仄聲韻部 39 首，佔全集百分之四十三；入聲韻部 18 首，佔全集百分之二十。

至於兩人用韻的韻部選擇，可以下表說明之：

詞作數		韻　　　　部																		
		一	二	三	四	五	六	七	八	九	十	十一	十二	十三	十四	十五	十六	十七	十八	十九
平	稼軒	36	27	62	20	33	28	37	7	19	14	30	35	6	2					
	白石	2	1	16	2	2	5	2	0	0	1	2	1	0	0					
仄（入）	稼軒	2	3	29	50	0	4	23	19	2	15	4	14	0	1	15	14	36	37	0
	白石	0	1	8	18	0	0	4	2	0	1	3	2	0	0	2	2	7	7	0

而對於白石每首詞用韻所屬韻部，則表列如後。（詞牌順序與頁次，依夏承燾《姜白石詞編年箋校》）

卷一　楊州、湘中、沔鄂詞十一首

調　　名	韻　　部	頁　　次
揚州慢	平十一	一
一萼紅	平六	三
霓裳中序第一	入十七	五
湘月	仄十一	八
清波引	仄四	一一
八歸	入十八	一三
小重山令	平三	一三
眉嫵	仄七	一四
浣溪沙	平一	一六
探春慢	仄十	一七
翠樓吟	仄三	一八

有的詞調有轉韻，如《虞美人》上下片共用二組平聲韻及仄聲韻，則一首可能就用了四種韻部：白石有三首《虞美人》，分析結果，多出 7 次用韻，故本節對其用韻以 91 首計算。

卷二　金陵、吳興、吳松詞十首

調　　名	韻　　部	頁　　次
踏莎行	仄七	二〇
杏花天影	仄四	二〇
惜紅衣	入十七	二一
石湖仙	仄四	二三
點絳唇	仄四	二五
夜行船	仄四	二七
浣溪沙	平三	二七
琵琶仙	入十八	二八
鷓鴣天	平六	二九
念奴嬌	仄四	三〇

卷三　合肥、金陵、蘇州詞十三首

調　　名	韻　　部	頁　　次
浣溪沙	平七	三二
滿江紅	平七	三二
淡黃柳	入十七	三五
長亭怨慢	仄四	三六
醉吟商小品	仄四	三七
摸魚兒	仄十一	四〇
淒涼犯	入十六	四一
秋宵吟	仄八	四四
點絳唇	仄八	四五
解連環	仄三	四六
玉梅令	仄七	四七
暗　香	入十七	四八
疏　影	入十五	四八

卷四　越中、杭州、吳松、梁溪詞十四首

調　名	韻　部	頁　次
水龍吟	仄三	五二
玲瓏四犯	仄四	五二
鶯聲繞紅樓	平三	五三
角　招	仄十二	五四
鷓鴣天	平六	五六
阮郎歸	平三	五七
又	平三	五八
齊天樂	仄四	五八
慶宮春	入十八	六〇
江梅引	平三	六三
鬲溪梅令	平六	六四
浣溪沙	平三	六四
又	平三	六五
浣溪沙	平三	六六

卷五　杭州、越中、華亭、括蒼、永嘉詞二十四首

調　名	韻　部	頁　次
鷓鴣天	平六	六七
又	平三	六七
又	平三	六八
又	平三	六九
又	平三	七〇
月下笛	仄四	七〇
喜遷鶯慢	仄四	七一
徵招	仄三	七三
驀山溪	入十七	八四
漢宮春	平四	八六
又	平四	八七

洞仙歌	入十八	八八
念奴嬌	入十八	八九
永遇樂	仄四	九〇
虞美人	仄三～平三～仄四～平三	九二
水調歌頭	平五	九四
卜算子之一	仄四	九五
之二	仄十一	
之三	仄十二	
之四	入十八	
之五	入十六	
之六	仄二	
之七	入十八	
之八	仄三	

卷六　不編年十二首——序次依陶鈔

調　名	韻　部	頁　次
好事近	入十五	九九
虞美人	仄三～平三～入十七～平五	九九
又	入十七～平十～入十七～平六	一〇〇
憶王孫	平十二	一〇〇
少年遊	平三	一〇〇
訴衷情	平一	一〇一
念奴嬌	仄四	一〇二
法曲獻仙音	仄四	一〇二
側　犯	仄四	一〇三
小重山令	平十一	一〇四
驀山溪	仄七	一〇五
永遇樂	仄三	一〇五

貳、用韻比較

　　由前面統計，我們可發現：一、就平仄韻的使用比率言，兩人入聲韻差不多，平聲韻稼軒比白石多了百分之二十，仄聲（上去）韻白石比稼軒多了百分之十六。二、就韻部的偏好言，白石平聲和仄聲韻幾乎都集中在三、四兩部，入聲韻則集中在十七和十八部。稼軒則較平均些，可能是他創作數量多，精神思想的內涵變化也大，所以能涵蓋較廣，以平聲韻言，第一、二、三、五、六、七、十一、十二部都頗多，其中第三部最多；上去聲則第四部最多，第三、七、八等部次之，傾向和白石相同；入聲韻亦以十七、十八兩部最多，和白石相似。以下就從用韻平仄和韻部選擇，對兩人加以心較。

一、用韻平仄之比較

　　由文字創造的溯源知，形、音、義是一體的，聲義本同源，文字滋衍的法則亦然，所謂「義本於聲，聲即是義」也，可知「漢語字義與音響的微妙關聯」，〔註23〕且音響還直接影響感情狀態。而四聲聲調旋律既然不同，所謂「平聲平道莫低昂，上聲高呼猛烈強，去聲分明哀道遠，入聲短促急收藏。」與「平聲柔而遠，上聲舉而屬，去聲清而遠，入聲短而促。」故詞人用韻既有平、仄、入聲調之異，感情亦因之而別。平聲含陰平、陽平，其聲調音值的特色是高而平柔（陰平調值5-5）或上揚悠遠（陽平調值3-5），故聽起來就有一種和平舒緩之感，且四聲中只有此二聲可以一直延長而不變調（陰平最明顯），使其吟誦時增加無限悠揚，故用平聲韻易於表現閒適平和的情緒。而上去兩聲，或沈重多轉折（上聲調值2-1-4）、或陡疾頓挫（去聲調值5-1），所謂「上聲高呼猛烈強，去聲分明哀道遠」也，故以上去聲為韻，就顯出較哀切執著的情感。至於入聲，由發音的角度分析，它是個韻尾被壓縮的聲調，吐音甚短，如蜻蜓點水，一觸即收，故不只聽不到韻母，連聲母也很短，所謂「入聲短促急收藏」，故以之為韻，

〔註23〕見李元洛《詩美學》，頁644。

讀起來就直接感到那份壓力感，傳染人一份緊張匆促鬱厄不舒的感覺，如周邦彥《蘭陵王：柳》：「淒惻，恨堆積，漸別浦縈迴，津堠岑寂。」用入聲十七部韻，充滿愁鬱淒黯的孤苦之情，聲音顯然有很大作用。故關於平上去入四聲之聲情，當如王易《詞曲史》所云：「韻與文情關係至切，平韻和暢，上去韻纏綿，入韻迫切，此四聲之別也。」〔註24〕

　　就此押韻平仄而言，兩人入聲韻都頗多，分別達百分之十六（稼軒）、二十（白石），遠高於以豪放飄逸著名的蘇軾──百分之七，可見入聲韻的運用已是其作品的普遍習慣，其意義正訴說了二人在心情上都有更多愁鬱不解、困厄促迫的情懷，這愁懷是稼軒志業未果的悲恨，是白石漂泊江湖、事業無成的淒嘆，前者如《賀新郎》：「歎夷甫諸人清絕。夜半狂歌悲風起，聽錚錚、陣馬簷間鐵。南共北，正分裂。」（頁203）後者如《惜紅衣》：「牆頭喚酒，誰問訊、城南詩客。」此皆用入聲而有悽惻悲涼意者，故入聲韻和詞人鬱抑沈咽之詞風有很大關係，如陳廷焯評稼軒「詞極豪雄，而意極悲鬱。」此悲鬱正是入聲韻之聲情也。

　　而平聲與仄聲韻部分，白石平聲韻顯然用得比稼軒少，少了百分二十，多用仄聲韻，王易云：「上去韻纏綿」，或許正說明了他常處於一種愁思縈迴、深情感傷的心緒中，故多以頓挫沈重，哀感纏綿的上去聲韻加以表現，如《清波引》、《踏莎行》（燕燕輕盈）、《念奴嬌》（鬧紅一舸）等。

二、韻部選擇之聲情

　　稼軒、白石二人所用韻部，平仄聲都以第三、第四部最多，入聲則以第十七、十八部為主。白石這種傾向更加明顯，單單三、四兩部就有44首，已佔全部詞作一半。以韻母結構言，第三部以「ㄧ」、「ㄟ」等齊齒細音為主；聲母則以舌尖、舌面的塞擦音「ㄓ、ㄔ、ㄕ、ㄗ、

〔註24〕見《構律第六》，頁283。同頁共分析各韻部聲情，如第三、四部：「支紙縝密，魚語幽咽。」可參看。

ㄘ、ㄙ」等為主，兩者相合，就使其充滿一種細膩纖柔、脣齒磨擦糾葛的情意，加上去聲則情感起伏變化更大，如《水龍吟》（夜深客子移舟處）用「思、水、裏、喜、底、此」等韻腳，為原本即清美迷濛的湖上夜泛更添幾許幽婉情思，柔情似水。

而第四部韻母以捲舌音「ㄩ」及舌根音「ㄨ」為主，「ㄩ」撮脣而發，乃刻意講求，就傳遞了一份美好嬋娟之情；而「ㄨ」音重濁，本是情深，上去之調，更哀感纏綿，所以白石用此第四部仄聲韻而填的詞最多，正集中地構成其美好纏綿的抒情風格，寫出深情惆悵的心情，如《杏花天影》（綠絲低拂鴛鴦浦）、《點絳脣》（燕雁無心）、《念奴嬌》（鬧紅一舸）、《長亭怨慢》（漸吹盡、枝頭香絮）、《玲瓏四犯》（疊鼓夜寒，垂燈春淺，息息時事如許），及《齊天樂》（庾郎先自吟愁賦）等詞，皆押第四部仄聲韻而為白石抒寫羈旅、愛情的代表作，可知此韻部聲情是白石抒情主調的代表，因白石有無限纏綿柔情，才有那麼多押第四部仄聲韻的詞。

此外，他用尤韻（第十二部）者，如《憶王孫》：「冷紅葉葉下塘秋，長與行雲共一舟，零落江南不自由，兩綢繆，料得吟鸞夜夜愁。」寫出有情人相隔之慨；《角招》：「為春瘦，何堪更、繞西湖盡是垂柳。……傷春似舊，蕩一點、春心如酒。」有多少春來感懷。用蕭韻（第七部）者，如《浣溪沙》：「釵燕籠雲晚不忺，擬將裙帶繫郎船。」寫離別之苦、愛情之痴；《驀山溪》：「翠眉織錦，紅葉浪題詩，煙渡口，水亭邊，長是心先亂。」則淚意襲湧，凡此皆情寄於聲也，故周濟《宋四家詞選》云：「支真韻寬平，支先韻細膩，魚歌韻纏綿，蕭尤韻感慨，各有聲響，莫草草亂用。」所謂蕭尤韻感慨，正與上述用蕭尤韻詞那種心意徬徨失落若合符節。且上述白石用得最多的支、魚、蕭、尤等韻，以現代聲韻學的分析來看，都屬於較不響亮的柔和級、細微級的「韻轍」，〔註25〕所以詞人用之，正適宜寫低迴傷嗟的

〔註25〕同註23，頁 672 云：「韻轍，就是押韻時所選擇的韻腳，以及換韻時韻腳的變化。」頁 644 云：「現代聲韻學根據聲響的不同程度，把十

情思，再一次說明聲情與文情的密切關係，及詞人擅於因情尋聲的詞作音樂才華；而婉約派詞人重視「審音訂律」、「研鍊聲律」，亦可於此見之矣。

三轍分為洪亮級、柔和級與細微級。」

第七章　結　論

　　本論文的研究觸發乃是「風格」，因稼軒、白石的不同詞風而引起研究興趣；而手法上乃從形式入手，即以詞作文本（Text）為分析憑藉，並以詞作內涵（思想範疇）為探索的中心。經由前面的分析，可得以下兩點結論：

　　一、「風格」者，乃作者生命精神與個性情感的表露，如叔本華說：「風格是心的面目，它是從它的思想得到美的。」﹝註1﹞由分析知，稼軒詞內容雖以大我為範疇者不佔多數，然事實上，其他小我的詞，除了愛情詞外，亦時時流露家國之懷、時代之情，始終滲透著詞人的愛國精神；不論是慷慨直抒，或曲折寄怨，莫不劃切動人，所謂「稼軒之詞，胸有萬卷，筆無點塵，激昂排宕，不可一世。」（清・彭孫遹《金粟詞話》）周濟亦說：「稼軒不平之鳴，隨處輒發，有英雄語，無學問語。」（《介存齋論詞雜著》）都指出稼軒詞以抒寫大我志慨為主的本質；而在本論文中被歸為「節序詠懷、因景抒情詞」、「鄉居閒適詞」及「退隱愁憤詞」者，亦大半訴說著詞人用世志願的得失悲歡。

　　所以，稼軒詞之波瀾壯闊、變化突起，皆因此內在強大生命之展現，傳統詞人之名不足名之，傳統詞的審美風格亦不足包之，他在詞

﹝註1﹞轉引自涂公遂《文學概論》，頁193。

史上是超越的、獨創的。其風格乃是種壯美、崇高的美，猶如「旭日出大海」、「皓月迴臨關」，極雄渾蒼茫；又似太陽神之熱力四射，足以激盪時代人心，而為南宋豪放派愛國詞人之領袖。

若白石，其詞則「幽韻冷香」、芳馨可人，寫出自然景物與女性心靈中的細致柔麗，其美是俊美、優美，是種帶女性色彩的陰柔之美和「杏花春雨江南」式的浪漫旖旎，他那《揚州慢》吟詠的「二十四橋仍在，波心蕩、冷月無聲」之清美深邃，以人擬之則二八少女、空谷佳人；以草木狀之，則雪夜寒梅、煙渚風荷也。由詞作內涵分析，發現他以大我為主旨者甚少，僅三首，連偶爾流露憂時傷懷之意者亦有限。整體而言，其詞作都是圍繞著自我情感的苦樂悲歡，寫出羈旅的寥落、愛情的纏綿與悵惘，抒情婉轉而意象唯美，內容風格正是傳統婉約詞的繼承和深化。

然而天性的「簡遠飄逸」〔註2〕與審美態度的空靈超妙，卻使他並不為一般婉約情詞的柔媚綺靡所限，而以純淨雅潔的筆調去抒寫，空靈超遠的意象來表現，如「九疑雲杳斷魂啼，相思血，都沁綠筠枝」（《小重山令》）、「長記曾攜手處，千樹壓西湖寒碧。又片片、吹盡也，幾時見得。」（《暗香》）實有花落人緲、煙水如夢的神仙幽境，故張炎譽之云：「姜白石詞如野雲孤飛，去留無迹。……如疏影、暗香、揚州慢、一萼紅、琵琶仙、探春、八歸、淡黃柳等曲，不惟清空，又且騷雅，讀之使人神觀飛越。」（《詞源‧卷下‧清空》）這種「清空騷雅」的意境，正是詞人高雅秀潔的人品與審美情懷的表現。而其情詞之優美純粹，無疑是詞史上的一座高峰。

二、本論文由第一章論詞體風格本源與發展，到第二章作者論，及第三章作品主旨探索的理論，乃表達了筆者欲從「詞體風格傳統」、

〔註2〕張惠民《宋代詞學審美理想》，第十二章《魏晉風度與姜白石的審美理想》，論述了姜夔「翰墨人品似魏晉之雅士」且有「悲涼孤高的精神本質」及「清空高遠的審美理想」（節之標題），頁202云白石嚮往「蕭散簡遠韻度飄逸的審美情趣。」

「作者思想」與「詞作內涵傳統」等方面建立對詞作批評的理論憑據之企圖，尤其是一、三兩章更是筆者的重點所在；即經由一、三兩章的理論追溯，才能得到第四章的詞作內容分類和主旨判斷，並以之爲準而進行了五、六兩章的作品比較分析。而研究過程中，筆者一直執有對詞作深入分類的企圖，亦可謂「分類理論」是筆者研究方法上的重心；爲了得到比較理想的分類，乃在論文前半部費了相當多的心力來建構分類理論，而第五章作品內容比較、分節方式與敘述之法都是直承前章的分類結果，所以也可說「強調分類」是筆者腦海中的基本理念。從某些角度看，也許會感到硬要將每首詞冠上一個代號，有些瑣碎牽強；然而物有其貌，各如其名，詞人的每首詞是否也當有一個可明白代表它的生命特性之名稱呢？這就是筆者何以要費心思地爲詞作主旨的批判與分類的設計尋找理論憑証的原因，這部分也是筆者自認用力較深之處。此外，第五、六章的內容比較分析，自然是另一個重點，其中最重要的就是對「豪放派」的申論，並將其愛國詞分成「豪放」與「婉約」兩種風格來論述。

最後要特別說明的是，爲更深入了解辛棄疾、姜夔其人與創作，作者還獨自展開故國十三省四十多天的漫遊，尋訪了稼軒隱居的上饒與鉛山瓢泉，見信江江水之純淨優美，受當地人殷勤招待，深深感受了詞人鄉居之樂，而在夕陽餘暉中仰望鉛山縣城稼軒傲岸、巍峨的雕像，心中充滿了他那英雄氣概與報國雄心難遂的苦恨與感動。也曾獨自坐著從杭州沿江南大運河到蘇州的小船，在夜幕低垂裏，領略姜夔漂泊天涯的愁寥滋味，在晨霧迷濛的西湖、波光浩邈的太湖與波心蕩冷月無聲的瘦西湖，感受姜夔曾細細品味眷戀的江南風光。能如此體會詞人，與古人之精神在悠悠歲月中、在美麗的江山勝景中交會，使本研究又憑添無限浪漫激切和感動。總括而言，經過本文的探索，已使筆者對辛棄疾與姜夔兩位詞人的人格爲人及創作題材、人生遭遇與風格內涵的關係，包括詞學的造詣，都有了更深一層的了解，也更體會到「婉約」與「豪放」的內涵與差異，這些就是本文的成果。

參考書目

一、古代文獻

1. 《北史》，李延壽，台北：鼎文書局，民國 65 年 11 月初版。
2. 《隋書》，魏徵等撰，台北：鼎文書局，民國 64 年 3 月初版。
3. 《舊唐書》，劉昫等撰，台北：洪氏出版社，民國 66 年。
4. 《宋史》，托托等撰，台北：鼎文書局，民國 67 年 9 月初版。
5. 《十三經注疏·論語》，何晏集解，邢昺疏，台北：藝文印書館，民國 74 年 12 月 10 版。
6. 《十三經注疏·孟子》，趙歧注，孫奭疏，台北：藝文印書館，民國 74 年 12 月 10 版。
7. 《國史年表四種》，楊家駱主編，台北：世界書局，民國 65 年 7 月 3 版。
8. 《稼軒詞編年箋注》，鄧廣銘箋注，台北：華正書局，民國 78 年 3 月。
9. 《姜白石詞編年箋校》，編輯部校輯，台北：臺灣中華書局，民國 73 年 10 月 2 版。
10. 《稼軒集》，徐漢民編，台北：文津出版社，民國 80 年 6 月初版。
11. 《白石詩詞集》，夏承燾校輯，台北：華正書局，民國 70 年 9 月初版。
12. 《李白集校注》，瞿蛻園等校注，台北：里仁書局，民國 70 年 3 月。
13. 《李清照集校註》，王學初校注，台北：里仁書局，民國 71 年 5 月。
14. 《白石道人歌曲》，楊家駱主編，台北：世界書局，民國 70 年 11 月

3 版。

15. 《白石詩詞集》，夏承燾校輯，台北：華正書局，民國 70 年 9 月初版。

16. 《花間集評注》，李冰若評注，北京：人民文學出版社，1993 年 6 月第 1 版。

17. 《人間詞話新注》，滕咸惠校注，台北：華正書局，民國 76 年 8 月。

18. 《全宋詞》，唐圭璋編，台北：洪氏出版社，民國 70 年 4 月再版。

19. 《詞話叢編》，唐圭璋編，台北：新文豐出版公司，民國 77 年 2 月 1 版。

20. 《詞苑叢談》，清・徐釚撰，台北：王記書坊，民國 74 年 3 月。

21. 《蕙風詞・蕙風詞話》，楊家駱主編，台北：世界書局，民國 55 年 2 月再版。

22. 《白雨齋詞話》，陳廷焯，台北：臺灣開明書局，民國 71 年 3 月 5 版。

23. 《楚辭集注》，宋・朱熹集注，台北：文津出版社，民國 76 年 10 月。

24. 《樂府詩集》，宋・郭茂倩編撰，台北：里仁書局，民國 73 年 9 月。

25. 《詞源注・樂府指迷箋釋》，宋・張炎著，夏承燾校注（詞源注）；沈義父著，蔡嵩雲箋釋（樂府指迷箋釋），台北：木鐸出版社，民國 76 年 7 月初版。

26. 《古詩集釋等四種》，楊家駱主編，台北：世界書局，民國 74 年 4 月 4 版。

27. 《東坡樂府箋》，龍榆生校箋，台北：華正書局，民國 77 年 8 月初版。

28. 《文心雕龍注釋》，周振甫注，台北：里仁書局，民國 73 年 5 月。

29. 《唐宋詞集序跋彙編》，金啓華、張惠民等編，台北：台灣商務印書館，民國 82 年 2 月初版。

30. 《索引本詞律》，清・萬樹著，王瓊珊索引，台北：廣文書局，民國 60 年 9 月初版。

二、近人論著

（一）專　著

1. 《校訂本中國文學發展史》，劉大杰，台北：華正書局，民國 79 年 7 月。

2. 《中國文學史》，葉慶炳，台北：台灣學生書局，民國 76 年 8 月修

訂重版。

3. 《兩宋文學史》，程千帆、吳新雷，高雄：麗文文化事業，1993 年 10 月初版。

4. 《宋元文學史稿》，吳組緗、沈天佑，北京：北京大學出版社，1989 年 5 月第 1 版。

5. 《中國文學史論文選集》，羅聯添編，台北：台灣學生書局，民國 68 年 4 月初版。

6. 《漢魏六朝樂府文學史》，蕭滌非，台北：長安出版社，民國 70 年 11 月 2 版。

7. 《文學概論》，王夢鷗先生，台北：藝文印書館，民國 80 年 8 月 4 版。

8. 《文學概論》，涂公遂，台北：五洲出版社，民國 80 年 6 月。

9. 《中國古代文學原理》，祁志祥，上海：學林出版社，1993 年 7 月第 1 版。

10. 《中國詞曲史》，王易，台北：洪氏出版社，民國 70 年 1 月初版。

11. 《詞史》，黃拔荊，福州：福建人民出版社，1989 年 4 月第 1 版。

12. 《南宋詞史》陶爾夫、劉敬圻，哈爾濱：黑龍江人民出版社，1992 年 12 月第 1 版。

13. 《中國詞學批評史》，方智范、鄧喬彬，北京：中國社會科學出版社，1994 年 4 月第 1 版。

14. 《宋詞通論》，薛礪若，台北：台灣開明書店，民國 71 年 4 月 8 版。

15. 《中國古代音樂史稿》，楊陰瀏，台北：丹青圖書，民國 74 年 5 月 1 版。

16. 《中國琵琶史稿》，韓淑德、張之年，台北：丹青圖書，民國 76 年 2 月初版。

17. 《宋姜夔詞樂之研究》，林明輝，高雄：復文書局，民國 81 年 1 月初版。

18. 《詩詞散論》，繆鉞，台北：台灣開明書店，民國 71 年 10 月 7 版。

19. 《詞名索引》，吳藕汀，台北：新宇出版社，民國 74 年 10 月。

20. 《詞學通論》，吳梅，台北：台灣商務印書館，民國 77 年 4 月 7 版。

21. 《詞學新論》，蔡德安編著，台北：正中書局，民國 65 年 5 月 4 版。

22. 《詞曲散論》，賴橋本，台北：文津出版社，民國 79 年 3 月。

23. 《詞調與大曲》，梅應運，香港：新亞研究所，民國 50 年 10 初版。

24. 《詞源疏證》，張玉田撰，蔡楨疏證，台北：學海出版社，民國 77 年 1 月初版。

25. 《詞學論叢》，唐圭璋編，台北：宏業書局，民國 77 年 9 月再版。

26. 《迦陵論詞叢稿》，葉嘉瑩，台北：明文書局，民國 76 年 12 月 3 版。

27. 《唐宋詞名家賞析》（四本），葉嘉瑩，台北：大安出版社，民國 81 年 4 月第 2 版。

28. 《王國維及其文學批評》，葉嘉瑩，台北：桂冠圖書，1992 年 4 月初版。

29. 《中國詞學的現代觀》，葉嘉瑩，台北：大安出版社，1993 年 9 月 2 版。

30. 《靈谿詞說》，繆鉞、葉嘉瑩，台北：萬卷樓圖書，民國 78 年 12 月初版。

31. 《詞學古今談》，繆鉞、葉嘉瑩，台北：萬卷樓圖書，民國 81 年 10 月初版。

32. 《詩美學》，李元洛，台北：東大圖書，民國 79 年 2 月初版。

33. 《唐宋名家詞風格流派新探》，殷光熹，昆明：雲南教育出版社，1993 年 5 月第 1 版。

34. 《宋代詞學審美理想》，張惠民，北京：人民文學出版社，1995 年 4 月第 1 版。

35. 《宋詞流派和美學研究》，陳振濂，南京：江蘇教育出版社，1994 年 11 月第 1 版。

36. 《詞的審美特性》，孫立，台北：文津出版社，民國 84 年 2 月初版。

37. 《詩歌意象論》，陳植鍔，北京：中國社會科學出版社，1990 年 8 月第 1 版。

38. 《修辭學》，傅隸樸，台北：正中書局，民國 77 年 2 月初版。

39. 《字句鍛鍊法》，黃永武，台北：台灣商務印書館，民國 77 年 2 月 11 版。

40. 《詞譜格律原論》，徐信義，台北：文史哲出版社，民國 84 年 1 月初版。

41. 《詞律探原》，張夢機，台北：文史哲出版社，民國 70 年 11 月初版。

42. 《唐宋詞格律》，龍沐勛，台北：里仁書局，民國 75 年 12 月。

43. 《詞林韻藻》，王熙元、陳滿銘、陳弘治合編，台北：台灣學生書局，民國 74 年 9 月 3 版。

44. 《讀詞常識》，陳振寰，台北：萬卷樓發行，民國 82 年 7 月初版。

45. 《南宋詞研究》，王偉勇，台北：文史哲出版社，民國 76 年 9 月初版。

46. 《宋詞研究》，胡雲翼，成都：巴蜀書社，1989 年 5 月第 1 版。

47. 《唐五代詞研究》，陳弘治，台北：文津出版社，民國 74 年 3 月再版。

48. 《柳永詞研究》，葉慕蘭，台北：文史哲出版社，民國 72 年 1 月初版。

49. 《稼軒詞研究》，陳滿銘，台北：文津出版社，民國 69 年 9 月。

50. 《蘇辛詞比較研究》，陳滿銘，台北：文津出版社，民國 69 年 10 月。

51. 《辛棄疾研究論文集》，孫崇恩、李福仁、劉德仕主編，北京：中國文聯出版社，1993 年 2 月第 1 版。

52. 《辛棄疾及其作品》，喻朝剛，長春：時代文藝出版社，1989 年 3 月第 1 版。

53. 《辛棄疾詞心探微》，劉揚忠，濟南：齊魯書社，1990 年 2 月第 1 版。

54. 《稼軒詞縱橫談》，鄭臨川，成都：巴蜀書社，1987 年 6 月第 1 版。

55. 《稼軒詞選析》，汪誠，台北：臺灣商務印書館，1993 年 11 月初版。

56. 《姜夔詩詞賞析集》，殷光熹主編，成都：巴蜀書社，1994 年 1 月第 1。

57. 《辛稼軒年譜》，鄭騫，台北：華世出版社，民國 66 年 1 月補訂 1 版。

58. 《辛棄疾》，夏承燾、游止水，台北：萬卷樓圖書，民國 82 年 4 月初版。

59. 《辛棄疾評傳》，劉維崇，台北：黎明文化事業，民國 72 年 5 月初版。

60. 《辛棄疾》，張淑瓊主編，台北：地球出版社，民國 79 年 1 月初版。

61. 《姜夔》，張淑瓊主編，台北：地球出版社，民國 79 年 1 月初版。

62. 《蘇辛詞》，葉鈞選註，台北：臺灣商務印書館，民國 75 年 10 月 6 版。

63. 《唐宋詞名作析評》，陳弘治，台北：文津出版社，民國 77 年 10 月 5 版。

64. 《歷代詞選注》，耿湘沅師、劉紀華師、閔宗述師合注，台北：世紀書局，民國 76 年 2 月初版。

65. 《辛棄疾評傳》，劉維崇，台北：黎明文化事業，民國 72 年 5 月初版。

66. 《中國文學欣賞舉隅》,傳庚生,台北:宏業書局,民國 80 年 4 月再版。

67. 《宋詞鑒賞辭典》,賀新輝主編,北京:燕山出版社,1987 年 3 月第 1 版。

68. 《唐宋詞百科大辭典》,王洪主編,北京:學苑出版社,1990 年 9 月第 1 版。

69. 《最新中國交通旅遊地圖冊》,軍事測繪雜誌社編制,北京:金盾出版社,1993 年 6 月 3 版。

(二)學位論文

1. 《李白詩研究》,吳興昌,台灣大學國文所碩士論文,民國 62 年。

2. 《南宋姜吳派詞之研究》,顏天佑師,政治大學中文所碩士論文,民國 63 年。

3. 《周姜詞比較研究》,張秀容,東海大學中文所碩士論文,民國 69 年。

4. 《姜夔及其「白石道人歌典」研究》,李森隆,東海大學中文所碩士論文,民國 69 年。

5. 《白居易諷喻詩研究》,余炳禮,師範大學國所碩士論文,民國 70 年。

6. 《稼軒詞研究》,柯翠芬,東海大學中文所碩士論文,民國 71 年。

7. 《蘇辛豪放詞的形成及其成就研究》,李浚植,台北政治大學中文所碩士論文,民國 72 年。

(三)期刊論文

1. 〈論稼軒體〉,施議對,《中國社會科學》,1987 年第 5 期。

2. 〈白石《暗香》、《疏影》詞新說〉,王季思,《文學遺產》,1993 年第 1 期。

3. 〈論姜夔詞的清空〉,鄧喬彬,《文學遺產》,1993 年第 1 期。

4. 〈稼軒詞與老杜詩〉,劉揚忠,《文學遺產》,1992 年第 6 期。

5. 〈清真、白石詞的異同與兩宋詞風的遞變〉,韓經太,《文學遺產》,1986 年第 3 期。

6. 〈宋婉約詞的物象世界和情感流程〉,孫曉明,《文學遺產》,1989 年第 5 期。

附　圖

附圖一　西湖春曉，稼軒《好事近》：「日日過西湖，冷浸一天寒玉。」

附圖二　西湖煙波，白石《角招》:「自看煙外岫，記得與君，
　　　　湖上攜手。……一葉淩波縹緲，過三十六離宮，遣遊
　　　　人回首。」

附圖三　紹興城南沈氏園，陸游《釵頭鳳》(紅酥手)詞之地。

附圖四　紹興南大禹祠，在秦望山下，始建於南朝梁代，《漢宮春》稼軒蓬萊閣懷古詞云：「秦望山頭，看亂雲急雨，倒立江湖。」

附圖五　紹興越王臺，在城西府山公園，昔名臥龍山，有蓬萊
　　　　閣，即稼軒蓬萊閣懷古詞處。

附圖六　泛舟紹興城南，此昔鑑湖也，今已湮爲小河，白石《水龍吟》夜泛鑑湖詞之地也。

附圖七　京杭運河吳江夜幕時，姜夔寓湖州時常往來，《夜行船》、《慶宮春》、《點絳脣：丁未過吳松作》皆作於附近。

附圖八　蘇州滄浪亭，我國現存最早名園，建於北宋蘇舜卿，
　　　　姜夔常至蘇州石湖訪范成大。

附圖九　太湖畔鹿頂山眺望太湖。此在湖北岸，姜夔寓居之湖
　　　　州正在湖南岸，即圖中遠方。

附圖十　南京玄武湖黃昏，稼軒《水龍吟：登建康賞心亭》詞
云：「落日樓頭，斷鴻聲裏，江南遊子。」美景如斯。

附圖十一　「淮左名都，竹西佳處」之揚州瘦西湖。遠處爲五
亭橋。

附圖十二　瘦西湖風景，姜夔《楊州慢》云：「二十四橋仍在，
　　　　　波心蕩，冷月無聲。」

附圖十三　鎮江（南宋京口）北固山甘露寺祭江亭，望長江，
　　　　　稼軒有《永遇樂：京口北固亭懷古》詞。

附圖十四　漢陽漢水入長江附近，白石《杏花天影》詞序：「丙
　　　　　午之冬，發沔口」之處也；白石幼年即隨父宦遊漢
　　　　　陽，久居於此

附圖十五　鉛山縣鵝湖鄉附近信江風光。信江又名玉溪，水眞
　　　　　清美如玉。

附圖十六　鵝湖附近大河渡。依青山，迎綠水，鷗鷺相伴，楊
　　　　　柳爲堤，此農家風光應似稼軒帶湖也。

附圖十七　鵝湖書院內陳列之辛棄疾與陳亮同遊鵝湖之資料

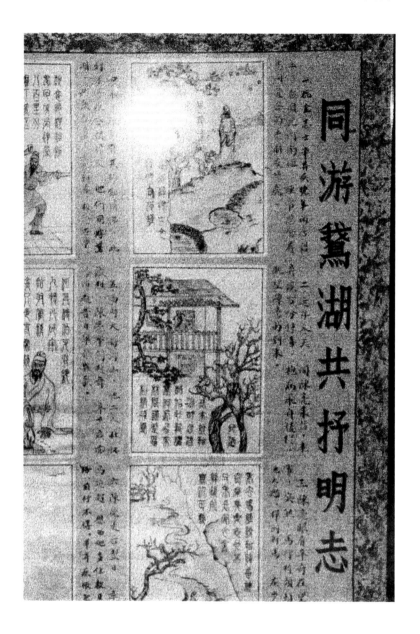

附圖十八　稼軒瓢泉居所前門殘壁，據鵝湖書院職員吳福根
　　　　　敘：簷下有黑漆乃南宋建築特徵。時聘其爲嚮導。

附圖十九　鵝湖山麓風光（由鵝湖鄉至永平鎮途中），遠處山頂
　　　　　有一陷口。

附圖二十　辛棄疾墓附近的田園山景（山即陽原山）。

附圖二一　「青山有幸埋英骨」——辛葉疾墓，位鉛山縣南永
　　　　　平鎮陳家寨陽原山中，距鉛山縣城約三十公里。

附圖二二　　鉛山縣城的辛棄疾雕像，傲立斜陽中。

附圖二三　傳說中的陳亮斬馬橋，據吳福根先生敘。

附圖二四　稼軒瓢泉居所後院之泉，形似瓢，《水龍吟：題瓢泉》
　　　　　云：「稼軒何必長貧，放泉簷外瓊珠瀉。」此泉今日仍
　　　　　清流潺湲也。

附圖二五　鵝湖山腰的鵝湖書院。稼軒常來附近遊玩，如《鷓鴣
　　　　　天：遊鵝湖寺道中》等詞所記。（中立者爲本文作者）